토담시인선 029

短諷詩選 제3집

단풍시선(短諷詩選)

亂場 2017 씻김굿

일기 쓰듯 시를 지어 세상을 조롱하다

고다의 짧은 풍자시

국립중앙도서관 출판예정도서목록(CIP)

단풍사선 : 亂場 2017 씻김굿 : 고다의 짧은 풍자시 / 지은
이: 신완섭 -- 서울 : 토담미디어, 2018
  p ; cm -- [短諷詩選 ; 제3집]

ISBN 979-11-6249-029-7 03810 : ₩9000

풍자시[諷刺詩]

811.7-KDC6
895.715-DDC23   CIP2018000208

단풍시선 短諷詩選

토담미디어

목 차

들어가며

일기 쓰듯 시를 지은 지가 3년째다. 무식하면 용감한 법이라서 매일 시를 짓는 일도, 졸시(拙詩)를 엮어 시집을 내는 일도 차츰 익숙해져 가고 있다. 잉태한 자식마냥 애정 어린 시들을 팽개쳐 두기에는 염치없는 게 아닌가 싶어 또 다시 용기를 내게 된다.

내가 이름 붙인 「단풍시(短諷詩)」들은 그날그날의 '짧은 풍자시'다. 눈에 밟히는 족족 3글자로 운을 띄워 시조 형태로 시를 짓는다. 정통 시조의 운율을 충실히 따르려 애쓰는 가운데, 시제(詩題)로 정한 초·중·장 첫 글자를 세로로 늘어뜨리는 '세로 드립(drip) 기법'을 쓰다 보니 글 감옥에서 시 짓기 격이다.

그럼에도 다행히 시들은 자유분방하다. 끊임없이 탈옥을 감행하는 죄수의 심정이랄까, 나는 쉽게 씌어 진 시, 읽히기 좋은 시를 홀대하지 않는다. 단순 속에 극도의 순수와 진실이 담겨서이다. 2017년 초에 펴낸 제2집 〈2016 단풍시선〉 '들어가며'에 올렸던 권두시 〈단풍시(短諷詩))가 이를 잘 말해준다.

단숨에 써내려가는 뜻밖의 생각들
풍자와 욕지거리, 펜 끝에 살짝 묻혀
시 한 줄 휘갈겨놓고 우라질 놈, 미친 놈.

이번 시집 제목을 〈短諷詩選 - 亂場 2017 씻김굿〉으로 정했다. 온갖 사건과 사고가 난무했던 작년 한 해는 그야말로 난장이었다. 그래, 이놈의 우라질 세상을 어찌 미치지 않고 살아갈 수 있으랴. 나쁜 짓에 분노할 줄 알고 좋은 일에 박수 칠 줄 아는 시인이 진정한 시인이 아닌가. 혼탁한 세상, 갈수록 난장의 도가 더해갈 지도 모른다. 미사여구가 생략된 내 시들을 특별히, 밋밋하게 살아가는 분들에게 헌사하고 싶다. 다들 힘내시라!

2018년 1월 산본 사무실에서

1월

해돋이

해악과 액운들을

　다 물리쳐 주소서.

돋는 해를 앞에 두고

　빌고 또 비나이다.

이 정성 하늘에 닿아

　잠든 신을 깨우소서.

온갖 해악이 난무했던 한 해가 저물고 2017년 정유년 새해가 밝았다. 동네 분들과 이른 아침 해돋이 수리산 산행을 했다. 7시 40분경 마침내 새해 첫날의 해가 떠올랐지만 구름에 가려 해가 희뿌연하다. 돋는 해를 앞에 두고, 하늘 위에서 잠자고 있는 신을 깨울 듯이 해악과 액운을 물리쳐 달라고 빌고 또 빌었다. 삼재(三災)가 든다는 들삼재 해라서 어느 해보다 비장하게 두 손을 모았다.

버팀목

버려진 나무들이

   산 나무를 떠받친다.

팀워크를 이루어

   산 생명 살려내려고

목숨을 버려서라도

   지켜내는 버팀목.

지인이 보내온 복효근 시인의 〈버팀목에 대하여〉라는 시를 읽다가
'버팀목'을 시제로 한 수 흘린다. 길을 가다보면 가로수 나무를 지탱하
는 버팀목들을 흔히 보게 된다. 무심코 지나쳤던 버팀목의 희생에 나
무들이 꽃을 피우고 열매를 맺게 된다고 생각하니 죽은 나무 각목도
예사롭게 보이지 않는다.

덴마크

덴마크 코펜하겐은

　　양자역학의 태동지.

마지막 움직임까지

　　작용하는 미세진동,

크디큰 벌레 한 마리

　　모형 속에 갇혔네.

최순실 딸 정유라가 드디어 덴마크에서 체포되었다. 공교롭게도 덴마
크의 닐스 보어(1885-1962)가 '코펜하겐 해석'을 내놓아 세계 양자역
학의 고향으로 불리는 나라다. 흩어져 있는 미시세계에서 입자와 파
동이 서로 짝을 이룬다는 원자모형을 제시하며 상보성 이론을 내놓
은 이곳에서 새끼 버러지 한 마리가 잡혔다. 그 모형 속에 영구히 가
두어 버릴 순 없나

국민의 목소리

국민이 국가의 주인인 게 맞습니까,

민의를 한데 모아 헌재 앞에서 외칩니다.

의로운 재판관님들, 포청천이 되어주세요.

목이 메어도 발이 시려도 떠날 수가 없네요.

소한, 대한 추위도 민심에 한 풀 꺾여

리모트 컨트롤 반듯 언 땅을 녹입니다.

어제는 소한(小寒)이었다. 그러나 강추위는 고사하고 기온이 영상 10
도까지 올랐다. 뉴스를 보다보니 어제도 헌법재판소 앞에 일군의 사
람들이 모여 국민의 목소리를 전하고 있었다 한다. 절기(節氣) 날씨조
차도 국민을 편들고 있다는 생각에 한 수 남긴다.

매국노

매화에 꽃이 피면
　새봄이 온다더니
국가를 팔아먹고
　노략질한 무리들아,
노스님 분신(焚身) 당부가
　무섭지도 않느냐.

세월호 1000일을 맞던 광화문 촛불집회에서 분신하신 정원스님이 돌아가시면서 대선주자인 이재명 성남시장에게 "대통령이 되어 매국노와 적폐를 청산해 달라"는 유언을 남기셨다. 온몸을 불사르면서도 나라걱정에 어찌 제대로 눈을 감으셨을꼬. 불살라야 할 매국노와 적폐세력들이 엄연히 활개치는데, 오호 애재라. 고인의 명복을 빈다.

실수와 거짓말

실소(失笑)를 자아낸들 밉지는 않더라.

수많은 언행 중에 한두 가지 실수쯤이야

와중에 흘러들어온 티끌 한 줌 뿐일 뿐.

거지반 밝혀졌어도 끝끝내 발뺌 하네.

짓거리 불량하기가 양아치만도 못 하이

말마다 내뱉는 위증, 너만 빼곤 디 안다.

요즈음 박근혜 탄핵에 대한 특검 조사와 헌재 재판에 연루된 사람들
에 대한 국민적 분노가 만만치 않다. 걸핏하면 불출석, 말만하면 거
짓말과 모르쇠, 사람이 살아가면서 실수를 할 순 있겠지만 저렇게 대
놓고 거짓말을 해선 안 된다. 이번 기회에 잘잘못을 분명히 가려 위
증을 일삼은 자들에겐 중벌을 내려야 하리라.

생활비

생명만으로 생활을
　보장받진 못 하리,
활발히 발버둥 쳐도
　삼시세끼 위태로워
비상금 탈탈 털어도
　주린 배를 어쩌나.

요즘 기본소득 보장에 대한 관심이 높아지고 있다. 갈수록 불평등지
수가 높아지다 보니 인간으로서의 기본 생활권을 침탈 받는 계층이
점점 더 늘어나고 있어서다. 평생 중산층이라고 여겨왔던 나조차 가
계부채에 허리가 휜다. 지금은 성장이 멈춘 사회이다. 일자리도 없고
보호막이 적은 서민들을 위한 기본소득을 보장하는 분배 위주의 법
제도가 절실하다.

눈 펑펑

눈발이 심상찮다,
　천지사방 내리는 눈
펑펴짐한 길바닥을
　더 넓게 펴고 있다.
펑,펑펑 새하얀 실로
　하루 종일 뜨개질.

일기예보대로 대설(大雪)이다. 밤사이 내린 눈이 이미 온 천지를 하얗게 뒤덮었지만 눈발의 기세는 식을 줄을 모른다. 수없이 내리면서도 참 공평하게 바닥을 차곡차곡 채운다. 훨씬 넓어진 눈길에 첫발을 내딛는다. 기분 좋은 출근길이다.

일기 쓰듯 시를 지어 세상을 조롱하다 · 고다의 짧은 풍자시

몰상식 몰염치

몰라서 실수해도 지은 죄로 벌 받건만
상상도 할 수 없는 온갖 농단 저질러 놓고
식언을 밥 먹듯 하니 콩밥도 주지마라.

몰래 저질러 온 죄 값도 모자라서
염병을 떨어도 유분수지, 안중(眼中)에 든
치미는 분노 삭히려 나야말로 묵비권.

최순실이 특검에 강제 송환되면서 "자유민주주의 특검이 아니다"라고
고함을 질렀다. 듣다못해 청소부 아줌마가 "염병 떤다"고 맞고함을
질렀다는데, 만 천하에 드러난 대죄에 반성하기는커녕 특검마저 농락
하려 들다니... 나오는 구역질을 삭히려고 한 수 남긴다.

거짓말 도깨비

거지반 다 듣고도 뭔 말인지 모르겠네,

짓거리 하고는 영락없는 무당인데

말마다 더듬는 화법, 감추려는 수작인가

도저히 이해 못할 이거, 저거, 그거 남발

깨알같이 내뱉어도 빈말이 다반사라

비상(非常)한 언어능력에 혼졀히는 국민들.

박근혜의 요상한 인터뷰가 또 도마 위에 올랐다. 말을 꺼낼 때마다
국민들을 분노케 하니 즐거워야 할 명절 분위기를 망칠 지경이다. 야
당에서 "야밤의 도깨비놀음"이라고 비판한 기사를 읽다가 맞장구치며
한 수 남긴다.

까치까치 설날

까치 떼가 짖더니 반가운 손님 오시네.
치맛자락 휘날리며 형수, 제수 한 자리에
까르르 웃음잔치에 밤새는 줄 모르고.

치성 드린 차례상, 풍성하게 차려내고
설빔으로 때때옷, 곱게 차려 세배하니
날마다 좋은날 되라, 주고받는 덕담들.

까치까치 설날이다. 최대의 명절답게 일가친척들이 한데 모여 웃음꽃
을 피우는 날이다. 세배를 주고받고 세뱃돈도 아낌없이,,, 오늘 하루
만큼은 모든 이들에게 좋은날 되라는 덕담을 아끼고 싶지 않다.

연탄재

연탄재 함부로

　발로 차지 말라던 말,

탄탄대로 걷는 이는

　알 수 없던 바로 그 말,

재 털며 조금 알겠네,

　차이는 게 누군지.

안도현 시인의 〈너에게 묻는다〉라는 시를 읽다가 한 수 흘린다. 인용한 초장 외의 나머지 전문은 "너는 누구에게/ 한 번이라도 뜨거운 사람이었느냐?"이다. 시인이 반문했던 질문의 해답을 오늘 비로소 조금 깨닫게 된다. 박근혜 정국을 보며 연탄재 함부로 차는 진짜 연탄재 같은 놈들이 참 많구나 하고...

자장가

자는 아가 버려두고 네 엄마는 어딜 갔니
장에 간 줄 알았더니 저 산 너머 고향 행.
가난을 건디다 못해 잠재우고 갔단다.

자장자장 우리 아가, 어여쁘게 잘도 잔다
장독대 앞 꼬꼬닭아, 꼬꼬댁댁 울지 마라
가지 끝 참새 무리야, 짹짹짹짹 울지 마라

설 연휴를 이용하여 동네작가 김영래 소설 〈신의 괴물〉을 읽었다.
1900년대 초 일본이 우리나라 호랑이의 씨를 말리기 위해 결성했던
정호군(征虎軍)의 노략질을 고발한 소설이다. 1연의 일본 자장가와 2
연의 우리나라 자장가를 대비하여 부르는 대목에서 잠시 쉬며 한 수
남긴다. 아이를 잠재우는 사연이 너무도 극명하다.

빙판길

빙점을 넘나들던

　강추위의 낮은 포복

판유리 갈라지듯

　불안한 균열 조짐

길바닥, 철퍼덕 미끌,

　직립보행 무너지다.

내린 눈과 진눈깨비가 얼어붙어 길이 온통 빙판길이다. 이 길을 조심
조심 걷다보니 직립보행 동물의 애환을 느끼지 않을 수 없다. 당신은
무사히 그 길을 지나쳐 왔는가.

2월

풀잎아 나무야

풀잎의 언저리로 성긴 눈이 쌓인다.

잎새는 눈발에 맞서 제 몸을 흔들어댄다

아침이 밝아올 무렵 드러내는 모진 풀.

나무들 사이로 눈보라가 몰아친다.

무던히 받아 안는 저 솔잎 꺾일까봐

야밤중 휘어진 가지 쌓인 눈을 털어낸다.

어제 아침에는 눈길을 걸으며 나무와 풀잎을 평소보다 자세히 관찰해
보았다. 바닥 언저리에 돋아난 풀잎은 여전히 쌓인 눈 위로 제 몸을 드
러내고, 소나무는 솔잎에 쌓인 눈을 견뎌낼 만큼 제 가지를 지탱하고
있다. 자연의 이치는 간명하다. 모든 삼라만상은 스스로 제 죽을 짓을
하지 않는다. 오직 인간만이 제 죽을 짓을 서슴지 않는다.

가계 빚

가난을 유산처럼

  물려주려 작정했나,

계산된 부자 놀음

  흥청망청 하는 사이

빚더미 가위에 눌려

  신음소리 커지네.

정초부터 가계 빚에 대한 경고음이 여기저기서 울린다. 나라마다 자국이익 우선주의를 표방하는 마당에 과다한 빚은 경제성장의 아킬레스건이다. 불행히도 나 역시 예외는 아니다. 피치 못할 이유라지만 돈의 노예가 된 건 결국 내가 자초한 일이다. 벤자민 프랭클린이 왜 '절제'를 제1의 덕목으로 삼았는지 이해가 간다.

선물값

선물에는 눈에 안 뵈는

　신호가 담겨있다.

물품 속에 숨어있는,

　주는 이의 속마음

값 싸고 비싸고 보다

　그 마음을 헤아려야.

지난 달 구정 명절 때 〈밥시술시〉 출자자에게 선물을 돌렸다. 비록
적은 선물이었지만 정(情)을 나누고자 하는 마음만큼은 읽어주길 바
란다. 함께 식당사업을 하는 M이 느닷없이 상품권 한 장을 내민다.
고마운 일이지만 그 속에는 어떤 신호가 담겨있을꼬....

　　　　일기 쓰듯 시를 지어 세상을 조롱하다 · 고다의 짧은 풍자시

칼퇴근 일자리

칼같이 퇴근하라, 상사의 볼멘소리
퇴근준비 하렸더니 조명을 환히 켜네.
근근이 외투 걸치고 불빛 피해 줄행랑.

일이 끝난 시간, 눈치 보는 신입사원
자리를 박차지 못할 잔무(殘務)가 남았는가?
이 자리 빼앗길까봐 불안해서 그러오!

대권주자 유승민이 '칼퇴근법'을 발의하겠다고 한다. 직장인들에게 저
녁이 있는 삶을 부여하자는 취지다. 좋은 생각이다. 그러나 내가 생
각건대 칼퇴근 보다는 일자리 창출이 우선이다. 과거 직장생활을 했
던 때를 떠올리며 한 수 남긴다.

눈 오고 비 온 뒤

눈이 내려 쌓이고 바람 거세 날이 차다.
오가는 행인조차 발길을 끊더니만
고드름 점점 굵어져 얼음철창, 내 신세.

비가 내려 속속들이 빙판 속을 파고든다.
온기마저 해체하는 반나절의 빗질로
뒤숭숭 어지럽던 길, 말끔하게 청소 끝.

겨울비가 내린 어제 주말에는 하루 종일 방안을 지켰다. 오늘 아침
출근길, 길이 깔끔하다. 며칠 동안 내린 눈과 강추위로 보행을 방해
하였던 빙판길이, 내린 비로 말끔히 청소된 것 같다. 기분 좋은 월요
일 아침이다.

일기 쓰듯 시를 지어 세상을 조롱하다 • 고다의 짧은 풍자시

자작나무 숲길

자고나면 먼 길 떠날 그대를 위하여
작은 방 훈훈하게 군불을 지핍니다,
나 대신 타관 멀리서 고생하실 그댈 위해

무거워도 힘들게 이고 온 땔감나무.
숲속의 순백 서정, 켜켜이 쌓아놓고
길가에 길게 줄 서서 가실 임을 기립니다.

지인이 보내온 인제 원대리의 자작나무숲길 사진을 보다가 이걸 시제
로 삼아 보았다. 숲속 오두막집에 기거하던 임이 타관으로 돈벌이 가기
전날의 장면을 시로 포착해 보았다. 땔감으로 구해온 자작나무 가지뿐
만 아니라 자작나무껍질의 순백 서정을 가득 담아 가실 임을 배웅한다
는 내용이다. 참고로 자작나무 꽃말은 "당신을 기다립니다"이다.

안갚음 vs 앙갚음

안갚음의 안 字는 '마음'을 뜻하나니
갚아야할 고마움을 정성 다해 갚다보면
음지도 양지에 묻혀 사라진다, 안갚음

앙갚음의 앙 字는 '보복'을 뜻하나니
갚아야할 서운함을 되로 주고 말로 받아
음심(淫心)을 한껏 부풀려 돌려준다, 앙갚음

휴대폰 검색 중에 '안갚음, 앙갚음' 두 낱말의 차이를 우연히 알게 되었다. 확실한 이해를 돕기 위해 시로 남겨 보았다.

천일염

천일염 한소끔

  덕지덕지 묻히고서

일일이 여삼추라

  꾸덕꾸덕 말라가네.

염장된 굴비조차도

  비굴하진 않는데.

최근 정호승 시인이 〈나는 희망을 거절한다〉라는 시집을 발간했다.
60대 중반에 내놓은 그의 시들은 절제와 은유로 시대상을 대변한다.
"부디 너만이라도 비굴해지지 말기를/(…)꾸덕꾸덕 말라가는 청춘을
건디기 힘들지라도/(…)/돈과 권력 앞에 비굴해지는 인생은 굴비가 아
니다' '굴비에게'라는 시를 읽으며 나도 천일염으로 운을 띄워 한 수
읊었다.

갯버들 봄소식

갯가에서 피어날 봄, 찬바람에 주춤대고
버드나무 가지에는 잔털조차 보이잖네.
들판을 떠도는 한기(寒氣), 물리칠 방도 없나.

봄눈 녹듯 살포시 그대 마음 녹이고파
소반에 감귤차 한 잔, 온기를 담아 봐도
식언을 밥 먹듯 하니 오던 봄도 저만치.

갯버들이 고개를 내미는 시절이다. 이미 남녘에는 봄꽃이 피었다 한
다. 다들 따뜻한 봄이 오기를 간절히 바라지만, 꽁꽁 언 탄핵 정국에
마음은 여전히 한겨울이다. 식언(食言)을 밥 먹듯 하는 무리들아, 국
민들의 봄맞이를 정녕 막으려는가.

잠꼬대 깊은 잠

잠 속에서 누군가 내 등을 떠밀고 있다.

꼬챙이 하나 들고 어둠과 대척하다가

대꾸도 못할 몰골로 쏟아내는 신음소리

깊은 어둠에 갇혔던 전날 밤, 어디선가

은은한 불빛이 인도하사, 푸른 초장에

잠자코 나를 뉘시고 부은 눈을 감기네.

1연: 잠을 자다가 가끔씩 꿈을 꾼다. 대개 불안한 장면이 펼쳐진다. 잠 속에 나를 감시하는 누군가가 있는 듯하다. 며칠 전 날 밤엔 마침내 신음소리를 쏟아냈다. 새벽 내내 방안을 서성이다가 날이 밝자마자 황급히 집을 나섰다.

2연: 며칠 동안 잠을 설치다가 어제는 깊은 잠에 **빠졌다.** 몇 번을 뒤척이던 중 꿈속에서 불빛 하나가 비치더니 나를 푸른 초장으로 인도하였다. 꿈뿐만 아니라 삶 속에서도 나를 이끄는 불빛이 존재한다고 믿는다.

서울풍물시장

서울의 한 가운데 청계천변 외진 곳에

울긋불긋 노점상들, 풍물시장 와자지껄,

풍류를 즐기려하는 선남선녀 가득하다

물건을 사기보다는 호기 어린 구경꾼들

시장을 돌아보다 모자 두 벌, 신발 한 켤레

장보기 끝내기도 전 몰려가는 주막집.

주말 유천 선생을 따라 서울 신설동역에서 동묘역 사이에 조성되어
있는 서울풍물시장을 찾았다. 노점상들이 줄지어 선 가운데 고서, 화
첩, 악기, 공구, 생필품 등 없는 게 하나 없는 듯하다. 모자도 사고 신
발도 사고, 구경 끝에 이모네 주막집에서 삼겹살에 소맥으로 난장을
쳤다. 허어 사람 사는 재미가 이런 거 아닌가...

도연명 귀거래

도리(道理)를 다 하려도 궁벽한 살림살이,

연명(延命) 위한 벼슬자리 일거에 물리치고

명징(明澄)한 성정 그대로 안빈낙도 고향 행.

귀향하여 죽기까지 농사짓고 푸성귀 뜯어

거나하게 술 붓고 주덕(酒德)을 노래하니

내칠 힘 있다하여도 평생토록 도화원(桃花源)

내가 흠모해마지않는 도연명(陶淵明)은 평생 은거하며 가난과 더불어 살았던 문인이다. 향리의 일개 관리에게 허리를 굽신거리기 싫어 관직을 그만 두고 고향 심양으로 돌아가면서 지은 귀거래사(歸去來辭)는 청빈한 선비정신의 일미(一味)로 꼽힌다. 그가 마음의 고향으로 삼아 지었던 〈桃花源詩〉에서 "제사는 여전히 옛 방식이고/ 옷차림도 새로울 것이 없다네./ 아이들 줄지어 노래 부르고/ 반백의 노인들도 즐거이 유람하는구나."하고 소박한 생활을 노래했다. 그런 그의 성정(性情)을 빼닮고자 한 수 흘렸다.

소동파, 신기질

소신 있는 언행 뒤에 의연한 삶의 태도,
동파육 한 토막도 백성 먼저 건넸나니
파직을 밥 먹듯 해도 일편단심 애민의식.

신주 모시듯 도잠 영정에 술잔을 올린다,
기운 잃고 노쇠하여 백발이 성성해도
질화로 뜨거운 열기, 식을 줄 모르나니.

1연: 송나라 최고의 시인 소식(蘇軾)은 모든 면에 학식과 인품이 뛰어
났던 천재 관료였다. 비록 왕안석의 신법(新法)을 비판하여 지방 관리
로 전전했지만 가는 곳마다 선정을 베풀어 백성들로부터 신망과 존
경을 한 몸에 받았다. 황주 귀양 때 성문 밖의 산자락을 개간할 수 있
게 관아의 허락을 받자, 그 땅을 '동파(東坡;동구릉)'라 이름 짓고 자
신의 호까지도 '동파거사'라 지었다. 대범하고 품위 있게 역경을 이겨
낸 그의 호연지기를 기리며 한 수 남긴다.

2연: 신기질(辛棄疾)은 중국 남송 때의 무인(武人)이자 시인이다. 호방
한 성격의 탁월한 전략가였지만 귀순자였던지라 중임되진 못했다. 소
식(蘇軾)의 흐름을 담은 사(詞)의 대가로서 호방파(豪放派)의 1인자로
꼽혔던 그는 도연명의 삶을 흠모하여 말년에는 향촌 생활을 하며 자
신의 시 속에 여러 차례 시공을 초월한 존경을 나타내었다.

똥냄새

똥꼬에 침 바른들
　구린내가 사라질까
냄새가 고약한 건
　네 마음이 구린 탓
새똥이 구리다고는
　아무도 말 못할 걸.

똥냄새가 진동하는 세상이다. 여기저기 구린내가 덕지덕지, 눈에 띄지 않는 악취가 스멀스멀, 세상을 오염시키고 있다. 대표적으로 박근혜 변호인단의 막말과 언행에서 똥냄새가 진동함을 느낀다. 하늘에서 새똥이 떨어져 맞았다 해서 손톱만한 그 똥에 진저리를 칠 수가 있겠는가.

3월

존재론

존재하는 것들은

　존재하지 않는 것.

재론의 여지없는

　불변의 진리를 좇아

논증(論證)의 실마리 풀어

　추론을 입증하다.

2월 한 달 간 동작그만(동네 작가와 그리운 만남) 시민강좌에서 김동민 교수를 통해 서양과학이 동양을 압도했던 이유를 알게 되었다. 시시각각 달라지는 존재는 참이 아니므로 시공을 초월한 존재, 즉 참 진리를 찾아내려는 그들의 집요한 노력의 결과라는 사실을. 끊임없는 우주와 자연 현상에 대한 의문과 탐구가 이분 쾌거라는 것인데 아이러니컬하게도 그 쾌거로 말미암아 자연이 파괴되고 인간에게도 적지 않은 피해를 입히고 있다는 사실, 결론적으로 인문학에 바탕을 두어야만 자연과학도 널리 이로워진다는 사실.

유관순 삼일절

유지(有志)를 받들리라, 굳은 심지 다독여서

관대함은 잠시 접고 선봉에서 만세 삼창

순순히 결박당해도 변함없던 애국심.

3월 1일 찾아간 아우내장터는 허전하다.

일시에 불렀을 만세소리 간 데 없고

절실한 허기 달래려 순댓국에 잔 는다.

1919년 4월 1일, 천안 아우내장터에서 독립만세 운동이 벌어졌다. 이 화학당 재학 중에 경성에서 3.1운동을 목격했던 유관순이 고향으로 내려와 벌인 독립만세운동이다. 그 자리의 선봉에 섰던 꽃다운 나이의 유관순은 일본 헌병에 붙잡혀 옥고 중 목숨을 잃었다. 유 열사를 기리는 뜻에서 아우내장터를 떠올리며 한 수 흘린다. (실제 그곳을 가려 하였으나 피치 못 할 사정으로 가 보진 못했다)

절명시, 멱라수

절명시 「어부(漁夫)」 편에 소회를 밝힌 대로
명대로 살기보다 내 결백을 강에 풀어
시대를 초월한 절개, 후대에게 전하오.

멱살을 잡히고도 부끄러울 게 하나 없어
나, 굴원이 돌을 품어 몸을 던진 멱라수.
수상한 물결 일 때면 내 영혼을 달래주오.

멱라수는 장강의 지천(支川)으로서, B.C 283년 5월 5일 초나라의 왕족이면서 대쪽 충신이었던 굴원(屈原)이 돌을 끌어안고 몸을 던졌던 강이기도 하다. 죽기 직전 쓴 〈어부〉에서 "새로 머리 감는 자는 반드시 갓을 털어서 쓰고, 새로 목욕한 사람은 반드시 의복을 정제하여 입어야 하거늘, 어찌 희고 결백한 몸에 세속의 티끌을 둘러쓴단 말이오?"라는 글귀를 남겼다. 해마다 이날에는 배를 띄워 노를 저으며 서로 경합하고 "이 강을 어찌 건널꼬!"라 외치며 굴원의 억울한 죽음을 달래준다고 한다. 굴원의 입장으로 한 수 남겨보았다.

장진주 양양가

장안 저잣거리 술집에서 잠을 자고

진저리 칠만큼 숱한 술잔 비웠어도

주갈(酒渴)을 떨칠 길 없어 또 다시 잔을 드네.

양껏 마셔본들 술항아리 동이 나고

양지에 든 봄볕, 꽃 피울 날 머잖은데

가지에 찬바람 일어 시심(詩心)을 또 돋우네.

주선(酒仙)이라 불렸던 이백은 1천여 수의 시 중 무려 322편에서 술을 언급했다. 대표적인 그의 시 〈장진주(將進酒)〉에서는 "오색 말과 값진 모피를/ 아이 불러 좋은 술로 바꿔 와/ 그대와 더불어 마시고 만고의 시름 녹이리라"고 했고 〈양양가(襄陽歌)〉에서는 "이 강물 몽땅 떠서 봄 술 빚는다면/ 술지게미 높이 쌓아 누대를 이루리라"고 노래했다. 그의 음주시 속에 녹아있는 그의 강렬한 정신과 사상을 일깨우고자 잔 들어 그를 기린다.

집두보

집어든 붓끝에서
　검은 먹물 마를 때까지
두보(杜甫) 시를 필사하니
　방 안이 훤해지네.
시사(詩史)로 되살아나서
　밝은 빛 비추나니.

남송 말기 문천상은 연경의 감옥에서 200여 편에 달하는 〈집두시(集杜詩)〉를 지었다. 극한의 상황에서 두보의 시가 고통을 이기게 하는 큰 버팀목이 되었기 때문이다. 시집의 서문에서 "무릇 내 마음이 하고자 했던 말은 자미子美(=두보의 자)가 우리를 위해 먼저 말씀하셨다. 그것을 매일 감상하다보니 자미 선생의 시임을 잊고 마치 내 시인 것만 같도다."라고 두보를 칭송했다. 두보의 인격과 정신세계가 문천상을 크게 격려했던 것이다.

한한령(限韓令)

한 나라의 허물을

　덮어줘도 모자랄 판에

한사코 해코지하니

　소인배가 따로 없다.

영바람 잦아들 때에

　후회한들 어쩌리.

한반도 사드배치 문제로 불거진 중국의 대응이 도를 넘고 있다. 부지를 내준 롯데그룹에 제재 조치를 취하는 것도 모자라 한국관광 규제, 한류문화에 대한 한한령(限韓令) 선포 등 전방위적이고 무차별적인 공세를 취하고 있다. 문제의 핵심국인 미국에는 입도 벙긋 못하면서 말이다. 진중하지 못했던 우리 정부의 처신도 문제지만, 대국(大國)스럽지 못한 중국 정부도 치졸하기는 매 한가지다. 영바람은 '뽐내는 기세'를 말하는데, 힘들 때 도와 줄 이는 바로 이웃사촌임을 명심하라.

빵, 장미, 여성의 날

빵을 달라, 먹을 만한 식빵을 달라고
장미를 손에 쥔 채 차별철폐 외친 결과,
미안한 기색 완연해 여성차별 사라졌나?

여지없을 여권신장, 만 천하에 공포한들
성 차별 만연하니 누구를 탓할 텐가.
일일이 보듬어 안고 내 탓이라 말하라!

며칠 전 3월 8일은 UN이 1975년 제정한 '세계 여성의 날'이었다. 1908
년 미국에서 여성근로자가 숨진 화재사고를 계기로 1만5천여 명의 여
성 섬유 노동자들이 평등권 쟁취를 외치며 궐기했던 사건을 기념한
날이다. 시 속의 빵은 생존권을, 장미는 참정권을 의미하는데, 지금도
성차별이 만연하는 듯하니 이를 어찌할꼬.

삼환계룡단지

삼천 주민 옹기종기 똬리를 틀었나니
환난상휼, 덕업상권, 과실상규, 예속상교
계율 속 향약의 정신, 면면히 이어가네.

용꿈을 꾸고 보니 개천에서 용 날 자리,
단숨에 승천하여 수리산을 품을 날까지
지금껏 살아온 대로 터전을 시켜가세.

患難相恤 德業相勸 過失相規 禮俗相交. 이 네 가지 향약(鄕約)은 조선시대 향촌사회의 자치규약이었다. 어려움은 같이 해결하고, 덕은 서로 권하며, 과실은 서로 덮어주고, 좋은 풍속은 서로 나누자는 뜻이다. 산본 8단지에 자리한 삼환계룡아파트는 아끼고 보살펴야 하는 우리 모든 주민의 삶터이다. 동대표로 피선된 것을 빌미로 한 수 홀려 회장단에 시화액자를 증정했다.

일기 쓰듯 시를 지어 세상을 조롱하다 · 고다의 짧은 풍자시

청매화

청기와 지붕 아래

　갓 피어난 매화 꽃

매향(梅香)이 그윽한데

　반길 주인 떠났으니

화드득 스스로 산화(散花),

　일찍 봄을 여의다.

어제 저녁 대통령직에서 파면된 박근혜가 전격적으로 청와대를 떠났
다. 청와대 한켠에 피어난 매화꽃을 연상하며 한 수 흘린다. 그런데 삼
성동 사저로 들어가며 끝끝내 헌재 선고에 승복하겠다거나 국민화합
을 염원하는 대국민 사과는 없었다. 추운 날씨에도 꽃을 피워내는 매
화의 기개, 그런 선비정신이 눈곱만큼도 없음에 매화꽃도 치를 떤다.

치킨값

치솟는 물가(物價)따라

　은근슬쩍 날갯짓,

킨텍스에서 맛보았던

　그 닭이 맞나본데

값 올려 문 닫을라나,

　조바심에 꽁지 내려.

프랜차이즈 치킨업계 1위 브랜드인 BBQ가 생닭 값 상승을 이유로 통닭 값을 올리려다가 당국의 세무조사 엄포에 바로 꼬리를 내렸다. 가격인상 사유가 타당하다면 철회를 왜 하나, 털어서 먼지 날까 봐 겁내 하는 꼴을 보며 한 수 흘린다. 몇 해 전 일산 킨텍스(KINTEX) 식품전시회에서 맛보았던 그 닭집이 맞나본데 이래저래 지난해부터 닭들의 수난사가 거듭되고 있다.

시농제(始農祭)

시작이 반이라는 그 말씀에 현혹되어
농담 반 진담 반, 시농제를 올립니다.
제사상 정성껏 차려 천지신명께 비나이다.

시작도 하기 전에 풍년 예감 듭니다.
농사꾼 머리 위로 촉촉이 봄비 내려
제주(祭酒)를 올릴 일 없어 거름 삼아 뿌립니다.

낼 모레 4월 1일 토요일 오전 11시에 9988농원에서 시농제를 올린다.
봄에 내리는 비는 풍년을 예고하는 단비이다. 비가 올 듯 하더니만
여전히 땅이 메마르다. 시농제를 앞두고 올 한 해도 농사를 잘 지을
수 있기를 학수고대하고 풍년을 기약하는 단비가 뿌려주길 바라며
한 수 남긴다.

백일홍 배롱나무

백일 간 피어나서 꽃 질 줄을 모르네.

일편단심 그리던 임, 먼 길 떠나 기별 없어

홍장(紅粧)한 꽃그늘 아래 진종일 서성대오.

배 띄워 시를 지어 강물에 흘려 봐도

농 짙던 그대 아미(蛾眉), 수면 위로 어른거려

목전에 사진 들춰내 하염없이 눈물만.

오는 4월 2일 아파트 단지 내에 심을 꽃나무를 배롱나무로 정했다. 지난여름 남도 기행 중 보았던 곱디곱던 배롱나무 꽃에 반한 탓이다. 100일간 꽃피운다하여 백일홍나무로도 불리는 배롱나무는 중국 남부지역이 원산으로 따뜻한 기후에서 잘 자라며 꽃말은 부귀(富貴)이다. 배롱나무 꽃은 아련한 추억을 들춰내기에 충분하다. 사별한 임을 그리는 내용으로 꾸며보았다.

수치심

수신(修身)은 자신을

　갈고닦아 길들이는 것

치국(治國)은

　세상을 길들여 다스리는 것

심사(心思)가 올곧다한들

　제 맘대로 되더이까.

하늘을 우러러 한 점 부끄럼이 없기를 소망했던 윤동주 시인이 떠올
라 수치심이란 제목으로 한 수 남긴다. 3년만의 세월호 인양, 헌정사상
초유의 대선 정국, 두 가지 대사가 동시에 이슈가 되고 있는 마당에 정
치권의 흠집 내기 선거운동이 점입가경이다. 한 언론의 보도처럼 시민
정신은 성숙한데 정치의식은 미숙해서인가, 다들 스스로 부끄럽지 않
도록 윤동주의 〈서시(序詩)〉를 열 번 스무 번 읽어보기 바란다.

춘궁기 춘삼월

춘궁기 채 되기도 전 바닥날 양식 걱정,
삼월의 봄바람이 춘흥(春興)을 돋우는데
월사금 마련도 못해 한숨짓던 아버지.

춘부장 계시는가, 집 찾아 온 중매쟁이,
삼식이 좋은 혼처(婚處), 입 마르게 자랑해도
월셋방 마련도 못해 숨죽이던 노총각.

춘삼월은 음력 3월이라서 양력으로 치면 대개 4월경이다. 달력을 보
니 오늘이 음력 3월 2일이다. 바야흐로 춘삼월이 시작되었으니 봄꽃
이 피어나고 아지랑이 피어나듯 춘흥(春興)이 절로 돋는 호시절이다.
그러나 불과 몇 십 년 전만 해도 보리 수확을 하기까지 굶주림에 떨
어야 했던 보릿고개 시절이라 부모님 세대는 생계 걱정에 바람 잘 날
없었고, 봄바람 든 노총각조차 신혼 방 한 칸 마련도 못해 숨죽였던
춘궁기였다.

일기 쓰듯 시를 지어 세상을 조롱하다 · 고다의 짧은 풍자시

죄와 벌, 구치소

죄다 아니라더니, 심하게 엮였다더니
와르르 무너진 꿈, 그 꿈에 짓밟히다.
벌 받아 마땅한 치기(稚氣), 이젠 제발 관두자.

구속수감 소식에 태산 같은 그녀 걱정
치감던 올림머리, 이제 더는 해 줄 이 없어
소슬히 부는 바람에 흐트러진 머리칼.

죄를 지었으면 마땅히 벌을 받아야 하는 것은 만고불변의 진리다. 제
왕적 권력마저도 예외일 순 없다. 오늘 새벽, 법원 판결에 따라 박근
혜가 서울구치소에 수감되었다. 죄와 벌 사이에 어떤 정치적 불순과
부정이 개입되지 말아야 한다는 생각에 한 수 흘린다. 그런데 좋아하
는 올림머리는 이젠 어쩌누?

흩어진 나날들

흩날리는 꽃비 맞으며 시간을 돌려본다.
어린 시절 벚꽃 만발한 교정의 한켠에서
진득이 턱을 괴고서 쏟아냈던 질문들.

나와 너, 꽃과 나무, 남과 여, 삶과 죽음
날마다 눈에 밟히는 의문의 그늘 붙잡고
들붓던 햇살마저도 비켜갔던 나날들.

라디오에서 들려오는 강수지의 〈흩어진 나날들〉이란 노래제목을 시
제로 삼아 한 수 흘린다. 내 고향 경남 진해는 군항제 벚꽃놀이로 유
명하다. 요즈음 이때가 벚꽃이 한창일 때다. 눈처럼 쏟아지던 꽃잎들,
내 모교 도천초등학교 교정을 떠올리면 봄볕 아래서 쏟아냈던 무수
한 질문들이 떠오른다.

4월

봄날에 봄꽃들

봄이 왔네, 겨우내 참아왔던 땅 속 새싹들
날 선 인고(忍苦), 마침내 내민 가녀린 꽃
에헤라, 바람꽃 따라 노루귀도, 할미꽃도

봄을 알리는 야생화가 온 산에 번지더니
꽃망울 틔운다, 매화, 개나리, 산수유, 목련
들판의 버들강아진 봄볕에 졸고 있고.

봄의 전령은 단연 꽃들이다. 얼음마저 뚫고 나오는 복수초를 시작으
로 여러 가지 바람꽃과 노루귀, 뒤이어 할미꽃까지 피워내는 봄날, 꽃
나무에서도 자태를 뽐내듯 꽃들이 피어난다. 매화, 개나리, 산수유,
목련, 벚꽃 등이 이미 꽃망울을 틔웠고 곧 철쭉과 진달래도 피어나리
다. 에헤라 디야, 4월에는 기필코 먼 데까지 꽃구경을 다녀와야겠다.

황무지

황망하다,

　날이 풀려 내 마음도 풀리나니

무딘 입김,

　남녘으로 쉼 없이 뿜어보네.

지난(至難)한 생명 한웅큼,

　꿈틀대는 한나절.

T.S. 엘리엇이 '가장 잔인한 달'이라고 노래한 4월이다. 더욱이 오늘은 4자가 겹치는 4월 4일이다. 시 '황무지'는 제1차 세계대전 이후의 황폐한 모습들을 상징적으로 표현한 작품이다. "죽은 땅에서 라일락을 피우고/ 추억과 욕망을 뒤섞어/ 봄비로 활기 없는 뿌리를 일깨운다./ 겨울은 오히려 따뜻했다/ 대지를 망각의 눈으로 덮고/ 마른 뿌리로 작은 생명을 길러 주었다...." 내가 보기에 원문 'creul'은 '잔인한'이라기보다 '괴로운 혹은 고통스러운'이라는 뜻에 가깝다고 본다.

희망가

희미해진 기억의 저편에서 몸서리친

망망대해 찬 물결에 노를 젓던 그 날

가슴에 쌓인 오기를 추스르던 바로 그 날

희망을 버려야만 절망도 잊히는 법,

망설이다 하나 둘 내려놓던 굳은 심지

가진 것 다 내려놓고 읊조린다, 희망가.

비가 온다. 라디오에선 〈희망가〉 노래가 들려온다. "이 풍진 세상을
만났으니 너의 희망이 무엇이냐, 부귀와 영화를 누렸으니 희망이 족
할까. 푸른 하늘 맑은 달 아래 곰곰이 생각하니 세상만사가 춘몽 중
에 또 다시 꿈같도다." 누구는 부귀와 영화를 누리고도 만족을 못할
수 있겠으나, 부귀영화는 고사하고 매일 매일을 오기로 살아가고 있
으니 도대체 나의 희망은 무엇인가.

미지근

미온적인 태도의 척도가

　무엇이랴?

지 몸보다

　뜨겁지도 차갑지도 않는 것!

근거를 대본들 차마

　난 말 못하겠네.

이웃나라 일본에선 미지근하다는 표현을 '누루이(ぬるい)'라고 표현한다. 그리고 '사람의 피부온도보다 높지도 낮지도 않은 상태'라고 정의 내린다. 제 몸을 잣대로 삼으니 참으로 주관적인 개념인데도 우리는 미지근히다는 표현을 객체적 시각으로만 바라보는 경향이 짙다. 당신이 미지근하다는 말을 듣는다면 스스로의 체온을 미온화 시킨 도인(道人) 쯤으로 여겨도 좋지 않을까. 그런데 우리들의 그 미지근함을 비웃듯, 일본 놈들이 한반도 전쟁설에 기름을 퍼붓고 있다. 우쉬, 속 뒤집히네.

숙모상 영결식

숙연히 머리 조아려 고인을 기립니다.

모숨모숨 연명해온 암 투병 끝 눈 감던 날

상복에 눈물 훔치며 어둔 길로 보냅니다.

영영 돌아 못 올 길, 앞장 선 상주(喪主) 뒤로

결자해지(結者解之) 말마따나 채운 단추 풀어헤치고

식음도 전폐한 채로 하늘 길을 여는군요.

지난 주말 오랜 췌장암 투병 중에 돌아가신 대구 숙모님 문상을 다녀왔다. 미소 머금은 초상화의 모습과는 달리 몸고생, 마음고생을 꽤나 많이 치르고 가셨다 한다. 다음날 새벽 영결식장에서 화장장으로 떠나는 운구일행과 작별하고 올라오는 열차에서 한 수 지었다. 이튿날 배우 김영애 씨도 같은 병환으로 별세하였다는 뉴스를 접했다. 두 분 다 부디 영면하시기를 빌며....

목련꽃 지던 날

목련 송이 피었다가 꽃 지기를 망설이네.
연달아 고개 숙여도 끝내 가지 부여잡고
꽃다운 시절 아쉬워 피딱지를 떨구네.

지고지순 꽃봉오리, 누더기로 남루해져도
던지럽다 말마라, 한 때나마 성스런 순결
날 두고 가는 봄 싫어 혼절하고 싶잖다.

목련은 봄을 대표하는 꽃이다. 다른 봄꽃들에 비해 꽃이 지는 모습이
시저분하다 못해 처연하기까지 하다. 희고 순결하게 피어나 등불 켜
듯이 도도하게 순백의 꽃잎을 자랑할 때와는 달리 꽃이 질 때의 모습
은 누렇게 변해버린 꽃잎들이 쉽사리 낙하하지 못한 채 느리고도 무
거운 죽음을 맞이한다. 사람의 생로병사와 흡사하지 않은가. 이때가
봄의 끝이다.

민들레 홀씨들

민초(民草)들의 넋들이 지천으로 돋아나서
들길에서, 산길에서 흐느끼고 울부짖다
레미콘 시멘트마냥 나날이 굳어가네.

홀로 핀 지 달포 반, 봄볕에 옷 벗고서
씨앗을 말린다, 바람결에 진종일
들판을 휘젓는 손길, 내년 봄에 또 보자며.

4월이 중반을 넘어서면서 봄기운이 더욱 완연하다. 길을 걷다보면 쉽
게 마주치는 민들레꽃, 웬만큼 척박한 땅에서도 잘 자라서 노란 꽃을
피운다. 그런 점에서 민들레는 민초(民草)를 대변하는 꽃이라고 말하
고 싶다. 만개한 꽃들 사이로 일찍이 꽃잎을 다 떨구고 잿빛 꽃씨들
을 바람결에 날리는 모습도 보게 된다. 자연의 법칙에 묵묵히 순응하
는 민들레 홀씨를 보며 한 수 흘린다.

일기 쓰듯 시를 지어 세상을 조롱하다 • 고다의 짧은 풍자시

기다려야 오지

기다리면 온다더니 내 새끼는 보이잖네.
다잡고 소원빈지 3년 세월 흘렀어도
여태껏 오잖은 애가 아무려면 올라나.

야멸치다 핀잔마라, 어미 속이 타들어가
오죽하면 꿈일망정 천길 물길 마다하랴.
지척에 너희 두고서 내 어찌 손 놓으리.

어제 저녁 군포시평생학습원 상상극장에서 세월호 희생자 추모공연인 〈별드는 집〉 연극을 보았다. 어둠 속 콸~콸~ 물소리가 가슴속을 저미는 가운데 "기억해 주는 사람이 있어야 돌아오지, 너를 기다리는 동안 나도 가고 있는 중이야" 독백이 울려 퍼질 즈음에는 여기저기 흐느끼는 소리가 들렸고 마침내 나도 와락 눈물을 쏟고 말았다. 연극 줄거리는, '그네리 저수지에서 두 학생이 의문의 죽임을 당한다. 시신이 물속에 잠긴 채 사건의 전말을 파헤치려는 희생자 부모와 그 흑막에 연루된 군수 후보의 탐욕이 극명한 대조를 이루는 가운데 사건의 진실은 밝혀지고 아이들의 주검도 수습된다'는 해피엔딩이다. 아무리 패러디극이라지만 배우자들의 연기가 너무도 처절했고, 대선을 앞둔 시점이어서인지 많은 시사점을 던져 주었다.

안산 봄길 행진

안 그래도 한 번은 다녀갈 참이었다.

산화(散花)된 거리, 골목골목 누비면서

봄기운 더딘 이 길을 노랗게 물들이려.

길에서 길을 묻다가 갈 길을 놓치고도

행진은 계속 된다, 세월호에 갇힌 영혼,

진창에 맴도는 넋들, 건져낼 그날까지.

4월 16일 세월호 참사 3주기를 맞아 〈안산 봄길 행진〉에 참여했다. 안산역에서 화랑공원까지 1시간 반 가량 무리를 지어 함께 행진했다. "어둠은 빛을 이길 수 없다/ 거짓은 참을 이길 수 없다/ 진실은 침몰하지 않는다/ 우리는 포기하지 않는다" 때론 노래로, 때론 외침으로 피해 영혼들을 기렸다. 지난 3년 동안 추모행사 참여에 변변치 않았던 점을 반성하는 뜻에서 마지막이 될지도 모르는 기억식 행사를 끝까지 지켜보았다.

일기 쓰듯 시를 지어 세상을 조롱하다 · 고다의 짧은 풍자시

말, 말, 말

말만 하면 뭐 하누,

　말 같지도 않은 말

말문을 가로막는

　막말들의 날선 공방

말마라, 넌더리낸들

　보는 이만 하겠냐

어제 밤 120분간 5명의 대선주자 초청 〈스탠딩 토론회〉가 열렸다. 다
자간 한정시간 토론회이다 보니 시종일관 어수선한 질문과 답이 오
간다. 어느새 핵심 쟁점은 사라지고 난상토론이 된다. 그러니 다 듣기
도 전에 내가 먼저 채널을 돌려버릴 수밖에...

우울증

우울할 땐 시계를 거꾸로 돌려놓자

울화가 치밀 땐 뒤돌아 멈춰 서자

증발(蒸發)한 시공 틈새로 묻어나는 안도감

우리가 잠시 바람이 되어 날린다면

울타리 저 너머로 꽃씨를 흩뿌려서

증거(證據)로 바람 그칠 날, 뿜어대리, 꽃향기.

날씨가 완연히 풀리는 환절기가 되면 많은 사람들이 우울증에 시달린다고 한다. 추운 날씨가 주던 긴장의 끈이 봄눈처럼 풀려서일까. 나만의 우울증 퇴치법을 시로 담아 보았다. 4/28-4/30일간 열리는 군포 철쭉축제로 철쭉동산이 붉은 천을 드리운 듯하다. 이 붉디붉은 철쭉꽃들도 우울을 앓고 있는 건 아닐까. 철쭉향기가 서럽다.

고장난 세탁기

고소(苦笑)를 금치 못해 배시시 흘리는 미소
장롱 속에 가둔다, 부패하는 웃음소리
난장(亂場)을 부린 후에야 세탁통에 담기네.

세제를 가득 붓고 세탁기를 돌려본들
탁한 굉음(轟音)에 가위 눌려 신음하는 음담패설
기계적 결함 탓인가, 변함없는 누런 때.

자유한국당 대선 후보 홍준표는 트럼프 못지않은 독설가다. 얼마 전
TV토론 중 "대한민국을 세탁기로 돌려 깨끗한 나라를 만들겠다"고
공언했다. 그러자 바른정당 유승민 후보가 '제일 먼저 세탁기로 돌려
야 할 사람은 바로 홍 후보'가 아니겠냐고 하자, 자신은 이미 세탁기
에 들어갔다 나온 사람이라고 받아쳤다. 이에 정의당 심상정 후보가
'그 세탁기는 고장 난 세탁기 아니었냐'며 핀잔을 주었다. 허어, 말솜
씨로는 다들 주둥이 9단들이네...

비스듬

비슷한 사람끼리
　어울려 살잖아요.
스승을 따르는
　제자들을 보세요.
듬직한 뿌리로부터
　이어가는 명맥들.

정현종 시인은 그의 시 〈비스듬히〉에서 '생명은 그래요/ 어디 기대지
않으면 살아갈 수 있나요?/ 공기에 기대고 서 있는 나무를 보세요//
우리는 기대는 데가 많은데/ 기대는 게 맑기도 하고 흐리기도 하니/
우리 또한 맑기도 흐리기도 하지요// 비스듬히 다른 비스듬히를 받치
고 있는 이여."라고 노래하고 있다. 시제를 빌려 나도 한 수.

　　　　일기 쓰듯 시를 지어 세상을 조롱하다 • 고다의 짧은 풍자시

바다모래 채취

바다 속 밑바닥을 긁어낼 때마다
다도해 어부들의 시름이 깊어진다.
모래를 채취한 만큼 사라지는 고기떼.

레미콘 공장마다 수북이 쌓인 모래
채비도 끝내기 전 공사판에 실려 나가
취약한 시멘트 골재, 날림공사 끝판왕

멀리 제주에서 P약사가 동영상을 보내왔다. 아내인 경상남도 K 도의
원이 만든 바다모래채취의 불법성을 고발하는 내용이다. 동영상을
돌려보니 가관이다. 이명박 정권 때 4대강 공사와 맞물려 부족한 모
래 골재를 남해안 바다 속에서 막무가내 퍼내다보니 퍼낸 모래만큼
어획량이 줄어서 어민들의 생계에 치명타를 주고 있다는 것이다. 그
러나 4대강 공사가 끝난 후에도 수자원공사는 모래채취권을 민간업
체에게 넘겨주어 어민들의 눈물을 담보로 공사의 이익을 챙기고 있
다는 사실에 K 의원만큼 나도 화가 났다. 이를 경계하고 즉각 시정하
라는 뜻에서 한 수 흘린다.

5월

보리밭 사잇길

보릿고개 넘나드는 봄바람이 살랑살랑,
리드미컬, 이리저리 휘돌고 또 쓸려서
밭떼기 돌보려 하는 농부 마음 뒤흔들어.

사는 게 이런 건가, 청보리의 푸르름 속
잇따르는 허기 속아 보리피릴 불어보네.
길디 긴 하루 나절을 삘릴릴리~ 삘릴리~.

며칠 전 모종을 사러 가는 길에 청보리 밭을 지나쳤다. 바람에 마구
흔들대는 보리를 보고 한 수 흘린다. 춘삼월 도타운 봄볕에도 다 떨
어진 식량 탓에 한숨짓던 보릿고개 시절 농부들의 모습을 떠올리며
보리가 익기까지 기다려야 하는, 그런 게 인생 아닌가 싶어 숙연한 마
음으로 보리밭 길을 지나갔다.

부처님 오신 날

부자건 가난뱅이건 제 삶에 충실하라,

처음부터 끝날까지 네 마음 갈고 닦아

님인 양 자기 자신을 존중하며 살아라.

오기를 부려본들 안 될 일이 되더이까,

신랄히 저를 꾸짖고 남에게 관대하라

날마다 그리 산나면 제 마음이 부처니라.

오늘은 부처님 오신 날이다. 수리산 상연사에는 '心是佛(심시불)'이라 새겨진 비석이 있다. 풀이하면 '마음이 곧 부처'라는 뜻이다. 마음먹기에 따라 우리 모두도 부처가 될 수 있다는 뜻인데, 부처님의 설법 톤으로 세상 모든 사람들이 그리 되기를 바라는 마음에서 한 수 흘린다.

일기 쓰듯 시를 지어 세상을 조롱하다 · 고다의 짧은 풍자시

지식인

지지리 못난 놈이
　잘난 체 하는 놈이다.
식달(識達)하여 사리에 밝아도
　훈수만 둔다면
인재라 어찌 말하랴,
　행동으로 보여 다오.

한겨레신문 모퉁이에 '지식인'에 대한 가쉽이 실려 있다. 제대로 알고 있다면 세상일에 사사건건 간섭하라고 말한다. 비겁하게 뒤로 숨지 말란다. 그게 바로 지식인의 최소한 양심이라는 것이다. 틀린 말은 아니다. 그러나 내가 보기에 행동하지 않는 양심은 지식인의 소양이 아니다.

다산 시문서화

다 가고 아무도 없는 회랑 안에 발들이자

산죽에 송림화, 매화 향이 그윽하여

시문을 읊어 곰곰이 옛 뜻을 새겨보오.

문 여는 일 늦어짐은 세상 꼴 안 볼 심사,

서러움은 짧았고 기쁨은 길었다지만

화병에 꽂힌 꽃향기 그리 오래 가더이까,

수원화성 세계문화유산 등재 20주년을 맞아, 수원의 한국서예박물관에서 화성 설계자였던 다산 정약용을 기려 마련된 '다산(茶山)의 시문(詩文)과 서화(書畵)여행' 특별전시회(4/28~)에 다녀왔다. 다산의 주옥같은 시문을 서예, 문인화 초대작가 100분이 참여하여 서화작품으로 담아낸 매우 뜻 깊은 전시회였다. 행공자, 고천, 탄주 등 낯익은 작가들의 작품이 보는 재미를 더했다. 나도 저들과 동참하는 뜻에서 돌아오자마자 다산을 기리는 시를 남겨 보았다.

문 닫고 철수해

문맥상 말이 맞아도 그 진의를 모를거나
닫힌 마음, 까막눈으로 쏟아내는 막말을,
고무줄 당겨진 만큼 네 손등이 더 아프리.

철든들 무슨 소용, 속마음이 시커먼데
수작은 작작 부리고 마음수양 쌓아보라,
해 진 뒤 후회해본들 어둠이 밝아지랴.

5월 8일 어버이날은 대선 선거유세 마지막 날이었다. 아침 일찍 부산
에 계신 아버님께 안부전화를 드리는 사이, 라디오에서 각 진영의 선
거참모들의 목소리가 들려나온다. 그 중에 기호2번 홍준표 쪽에서
기호1번 문재인과 기호3번 안철수를 싸잡아 "문 닫고 철수하라" 한
다. 거참, 말은 참 지어내는군... 그 머리 가지고 민생 살릴 생각이나
하지, 쯧쯧... 이를 비꼬아 한 수 흩렸다.

박수근 미술관

박눌한 표정들의 그림 속 저 여인네,

수수한 옷차림에 서민 정서 묻어나고

근사한 화가의 미소, 내 눈에 어른거려.

미안한 마음 전하려고 그렸다는 굴비 그림,

술렁이던 호밀밭 마냥 내 마음을 뒤흔드네.

관람을 돋보이게 한 기증자의 미덕에.

5월 9일 양구 투어의 첫 행선지는 〈박수근(1914-1965) 미술관〉이었다. 화가의 생가 터에 가장 자연친화적으로 세워진 미술관이다. 전쟁과 분단, 질곡의 시기를 살아내기 위해 생계 목적으로 그림을 그릴 수밖에 없었다지만 그의 그림에 대해 보면 모든 작품에서 삶에 대한 애정이 여실히 묻어난다. '빨래터'같은 서민들의 생활상을 담아낸 여러 그림들 가운데 '굴비'는 훈훈한 사연이 담겨있다. 당시 미술전람회 일을 보며 자신을 도와주던 박명자에게 늦결혼 선물로 전해준 작품인데, 어렵던 시절 헐값에 팔았다가 먼 후일 살림이 나아지자 수소문하여 만 배가 더 넘는 2억 5천이라는 거금을 들여 다시 매입한 후 지금의 이 미술관에 기증하였다는 것이다. 미술관 주변을 둘러싼 호밀밭이 바람에 술렁이던 것처럼 내 마음도 감동으로 일렁거렸다.

삼팔선 DMZ

삼팔선 이북 땅에 무리지은 버들가지
팔랑팔랑 인적 없이 피고 지길 반세기
선선히 부는 바람결, 뿜어대는 꽃가루.

De-어간은 '부정' 또는 '이탈'을 나타내죠,
Militarized 앞에 붙어 '비무장'을 뜻하지요,
Zone 안의 평화누리길, 두 손 잡고 걸어 봐요.

양구투어 마지막 시를 남긴다. 38선 북녘에 위치한 양구 북부지역은
온통 DMZ로 막혀있다. 산 너머 불과 5km 거리가 북한 땅이라니 남
한 땅으로서는 최북단이지 싶다. 양구(楊口)의 '양'은 버드나무를 가
리키고 '버드나무 무성한 금강산 가는 길목'이란 뜻으로 이름 지어질
만큼 이곳은 야생 버드나무 군락지이기도 하다. 21012년 50년 만에
일반에 개방되었다지만 멀고 외져서 찾는 이가 드물다. 두타연 가는
길에 나부끼던 꽃가루들아, 평화누리길을 마음껏 누비며 새 생명을
잉태하라.

5.18

오장육부 찢겨져 뜨거운 피 홍건해도
일평생 흘릴 눈물이 산하를 덮고도 남아
80년 그날의 울분, 우리 어찌 잊으랴.

오랜만 일세 친구여, 장미꽃을 받아주게
일일이 두 팔 벌려 그대들을 안아 주리,
팔베개 베고 하늘도 불러보는 초혼가(招魂歌).

나는 78학번이다. 1979년 10월 유신반대운동에 앞장서 부산과 마산
에서 영남지역 대학생들이 봉기를 일으켰다. 일명 부마항쟁 때 나와
친구들이 그 주역을 담당했다. 같은 달 박정희가 김재규에 의해 피살
되면서 이듬해 80년의 봄도 잠시, 5월 18일 전라도 광주에서는 전두
환의 신군부독재에 맞선 대규모 민주화 운동이 벌어졌다. 이 때 군경
의 강제진압으로 수많은 젊은이들이 피를 흘렸다. 부끄러운 역사는
되풀이되지 않아야 한다. 동시대에 젊음을 바쳤던 한 사람으로서 37
주년을 맞아 이들을 추모하며 한 수 남긴다.

5월은

오랜만에 안아보는 갓난아기 살결처럼

월광(月光)에 내비치는 호수의 물결처럼

은은한 향에 취하여 잠 못 드는 봄 밤.

오지도 가지도 않는 그대 발길 잊힐까봐

월로승(月老繩) 빌려다가 오던 길에 풀어놓네,

은하수 즈려밟고서 이 밤 새워 오시라고.

대학후배가 고 피천득 선생이 예찬한 5월을 언급하길래, 나도 5월의
단상을 시로 흘려 보았다. 한없이 보드랍고 평온한 5월의 속성을 갓
난아이의 살결과 호수에 비친 달빛 물결로 표현해 보았다. 그리고 춘
심(春心)이 사그라지는 늦봄의 정취가 못내 아쉬워 연가를 떠올려 보
았다. 월로승은 '월하노인이 주머니에 갖고 다닌다는 붉은 끈'으로서
남녀의 인연을 맺어준다고 한다. 5월의 봄밤은 그리 애틋하다.

흑장미 백장미

흑흑흑, 소리 내어 울더라도 말리지마라

장단을 치려거든 너도 같이 울어라

미치려 환장하였나, 타들어간 눈물자국.

백 번을 살펴봐도 가시가 안 보이네

장미의 도도함을 저버린 채 웃기만 할 뿐.

미소가 헤프다 마라, 순진무구 함박웃음.

5월은 장미의 계절이다. 그 중에서도 흑장미는 가히 장미의 여왕이라 불리도 좋을 만큼 그 빛이 도도하다. 자연산 흑장미는 검은(black) 장미가 아니라 검붉은(Dark red) 장미를 가리키며 터키 샨르우르파의 할페티에서 나는 것이 가장 유명하단다. 꽃말은 '정열적인 사랑', '당신은 영원히 나의 것'. 내가 보기에 사랑에 집착한 한 여인의 눈물과 속 타는 심정이 한데 어우러져 맺힌 게 흑장미 꽃이 아닐까 싶다. '질투, 사랑'의 꽃말을 가진 일반 장미와는 달리 백장미의 꽃말은 '존경, 순결, 순진, 매력'이다. 가볍게 웃음 짓는 해맑은 아이들의 웃음 같다고나 할까, 더욱이 장미 중에서도 백장미에만 유일하게 가시가 없다하니 얘들아, 백장미 꽃밭에선 마음껏 뒹굴어도 된단다...

낙동강

낙장(落張)이 불입(不入)이라,

　물줄기가 멈춘 하천,

동강 난 물방울들,

　굽이굽이 흐르지 못해

강물이 끊긴 곳마다

　녹조 피박 쓰는구나.

문재인 대통령이 4대강사업 정책감사를 지시했다. 이명박 전 대통령
이 엄청난 돈을 쏟아 부었던 최대의 국책사업이었지만 극심한 녹조현
상으로 생명과 환경을 파괴하는 주범이 되고 있어서다. 당시 여러 전
문가와 주무부서의 반대에도 불구하고 억지로 밀어붙였던 수상쩍은
경위를 밝혀내고 하루바삐 복원시켜야 하리라. 제대로 흐르지 못하
는 강의 슬픔을 애도하는 뜻에서 한 수 흘린다. 그나저나 오랜 가뭄
이 빨리 해갈되기를...

태초에 행위가

태초에 말씀이 있었다는 성경 말씀.

초창기 말씀은 힘을 낳고 행위를 낳고...

에둘러 말 안하려도 짓눌리는 그 말씀.

행하는 것은 믿음이 아니라 인간의 욕망이다.

위로는 힘을 모으고 아래로는 지탱하여

가혹한 행위 펼치다 자멸하는 세상사.

독일의 대문호 괴테는 〈파우스트〉에서 "기쁘게 말하노니, 태초에 행위가 있었다." 고 말한다. 그 전에 힘이 있었다는 표현과 함께. '말씀'은 하나님의 섭리를 대변하는 것이지만, '힘'과 '행위'는 인간의 절대권력을 상징한다. 시대가 변하여 말씀은 점점 사라져가고 인간의 욕망만 난무하고 있잖은가. 알파고가 세계바둑 1위 커제마저 이긴 것처럼, 인공지능 기반의 4차 산업혁명은 '행위' 퍼포먼스의 정점을 이룰 것이다. 그리고 자멸???, 인간들이여, 힘의 영원성을 믿지 마라.

손잡고 더불어

손을 내밀 때마다 뿌리친 게 누구던가
잡은 손도 기어코 슬며시 풀어 놓고
고개를 마주칠까 봐 정면만 응시하네.

더부살이 20년이면 가족이나 진배없지.
불어난 세간 살림, 감당 못할 욕심 탓에
어쩌나, 제 몸 사리려 등 돌리는 작태를.

어제 박근혜 최순실 국정농단 첫 재판이 열렸다. 그간 '손잡고 더불
어' 잘 살아온 두 사람이 어제는 눈길 한 번 주지 않았다 한다. 오늘
아침 뉴스에는 정유라의 송환소식이 들린다. 자기들끼리 손잡고 너불
어 살아온 머리와 꼬리들이 이번에는 감방에서 손잡고 더불어 살 날
이 도래하고 있는 것이다. 사실 '손잡고 더불어'는 고 신영복 선생이
남긴 휘호의 글귀이다. 그 의미를 퇴색시키는 이들이 야속하다.

채석강에 서서

채 굳기도 전, 갓끈을 벗고 상투를 튼다.
석연찮은 변신으로 까맣게 애태우더니
강산이 변하는 모습, 온 몸으로 보여준다.

에워싼 갯바위를 밀어낼 듯 몰려와서
서슴없이 때리는 파도가 무슨 죄랴,
서툴게 부정 개제한 무모함에 깎이는 살.

호국시인 김인수 님이 〈채석강에 서서〉라는 시를 보내왔다. 맛과 풍
경과 이야기가 있다는 변산삼락(邊山三樂) 중 풍경을 대표하는 곳이
채석강이다. 중국의 시성 이태백이 술에 취해 뱃놀이를 하던 중 강물
에 비친 달을 따르다가 빠져죽었다는 중국의 채석강과 흡사하여 붙
여진 이름이다. 그만큼 해질 무렵의 낙조가 장관을 이루는 곳이다.
수년 전 다녀온 감회를 되살려 나도 같은 시제로 한 수 남긴다.

일기 쓰듯 시를 지어 세상을 조롱하다 • 고다의 짧은 풍자시

6월

메밀꽃 필 무렵

메밀꽃 필 무렵이면 남행을 꿈꾼다.
밀밭 사이 스쳐가는 바람을 붙잡고서
꽃들이 서럽게 피던 그 날 밤을 생각한다.

필히 지고 말 걸, 달빛 받아 피어나선
무수한 사연들을 바람결에 날리다가
엽록소 소신하는 날, 열매로 여물리라.

6월의 첫날, 지인이 보내온 사진을 보니 지금 제주에선 메밀꽃이 한창
이다. 보리밭이 누렇게 익어가는 동안 메밀밭은 하얀 꽃으로 해서 온
통 눈밭이 된다. 사진으로만 봐도 봉평의 메밀밭 못지않다. 지난해 이
맘때처럼 올해 6월 하순에도 동네 친구들과 3박4일간의 제주투어가
준비되어 있다. 바람 잘 날 없는 삶의 무게에 짓눌려 선뜻 제주행 동행
을 결심하지 못하고 있지만 마음은 이미 제주에 가 있는 기분이다.

기우제

기다리던 비는 오지 않고

　벌써 몇 달째,

우울한 가뭄 소식에

　농심이 타들어가

제풀에 모심기 접고

　마른 땅에 침 뱉네.

비 소식이 있다지만 겨우 5mm 이내, 마른 땅에 침 뱉기만 못하다. 오랜 가뭄을 견디다 못해 모심기를 포기히는 농부가 늘고 있다 한다. 심어본들 땅이 쩍쩍 갈라지니 그럴 만도 하다. 비나이다 비나이다 천지신명께 비나이다, 이 강산 강이면 강, 호수면 호수, 모든 곳에 태산 같은 저수(貯水)를 허락하소서.

문재인 대통령

문제는 정치라는 국민들의 대오각성,
재주는 곰이 부리고 돈은 되놈이 벌던
인습의 못된 고리를 그대가 끊어주오.

대소사 가리지 않고 국민 위해 일해주오.
통렬한 적폐타파, 바른 정치, 솔선수범,
영도자 참된 모습을 만천하에 보여주오.

학교 후배 김영춘 의원의 해수부장관 내정을 축하하는 시 한 편을 올
렸더니 어느 폐친이 문재인 대통령을 위한 시도 써달라는 부탁을 하
길래 급히 한 수 남긴다. 어느 때보다도 적폐청산을 바라고 있는 국민
들의 염원은 오로지 바른 정치로 풀어야할 과제이다. 초심을 잃지 말
고 끝까지 국민을 위해 헌신하는 대통령이 되어주길 간절히 바라며
응원의 메시지를 보낸다.

엄마야 누나야

엄마는 수십 년째 강변에 살고 있죠.

마실 갈 때 빼고는 밟히는 건 모래뿐,

야산의 멧새 울음에 하루해가 저물고.

누나는 몇 해 전 서울로 떠났지요.

나도 누나 따라 훌훌 털고 싶었지만

야속한 모자(母子)의 정을 차마 끊지 못하여.

지금 현재 우리나라 도시인구는 90%를 넘어서서 국민 열에 아홉이 도시에 살고 있다. 갑자기 "엄마야 누나야 강변 살자"는 김소월 시, 김광수 작곡 동요가 떠오른다. "들에는 반짝이는 금모랫빛, 뒷문 밖에는 갈잎의 노래..." 이런 서정적인 분위기의 강변에서 살아보고 싶다는 생각을 잠시 하며 한 수 남긴다. 도시로 떠나간 누나를 그리워하는 한 소년의 심정으로...

대립군(代立軍)

대궐을 버리고서 도망 친 선조 임금

입이 열 개라도 할 말이 없으련만

군권(軍權)을 아들에 맡겨 결사항전 하라네.

대신해 싸울지라도 의롭게 죽고 싶소.

입찬소리 잘도 하는 나랏님께 아뢰오니

군주(君主)의 제1 덕목이 뭣이라 여기시오.

대오를 벗어난들 어디를 더 가겠소

입담을 늘어놓은들 죽기보다 더 하겠소

군기(軍紀)를 다잡고 잡아 백성들을 구하시오.

1592년 임진왜란이 터지자 선조는 쳐들어오는 왜군을 피해 피난길에 올랐다. 명나라로 넘어가기 직전 둘째아들 광해에게 왕 자리를 내놓고 나라를 사수하라고 왕명을 내린다. 이때 세자 저하의 호위무사로 차출된 이들이 대신 군역을 치르고 전쟁에 투입되는 〈대립군(代立軍)〉이었다. 목숨을 바쳐 광해를 구한다는 줄거리... 오늘날로 치면 정규군이 아닌 비정규군이자 용병이었던 이들에 대한 영화가 상영되어 영화관을 찾았다. 정치 지도자들이 꼭 봐야 할 영화로 강추한다.

오도송(悟道頌)

오늘 하루 진종일

　옷 적시는 가랑비

도롱이 다 젖은 채

　물길 트는 농부 모습,

송괴히 우산 접고서

　비 맞으며 걷노라.

오도송(悟道頌)은 '고승들이 부처의 도를 깨닫고 지은 시가(詩歌)'를
말한다. '푸른 산 푸른 물이 나의 참모습이니/ 밝은 달, 맑은 바람의
주인은 누구인가/ 본래부터 한 물건도 없다 이르지 마라/ 온 세계 티
끌마다 부처님 몸 아니런가' 지인이 보내온 무학 대사의 오도송을 읊
조리다가 비록 고승은 아니지만 진종일 가랑비가 온 대지를 촉촉이
적시길래 에라, 나도 한 수 흘린다.

가랑비

가라 하면 가고
　오라 하면 오던가요,
낭패를 본다한들
　아니 오지나 말던지
비라고 내리는 것이
　개 오줌만 못하네.

가랑비에 옷 젖는다는 속담이 있긴 하지만 이달 들어 내린 비의 양이 그다지 많지 않았다. 주말농사를 짓다보니 농부의 타들어가는 속내가 훤히 보이는 듯하다. 장대비라도 내렸으면 좋았으련만 하늘이 어디 내 말을 들어주거나 할까. 그래도 이슬비보다는 낫다.

　　　일기 쓰듯 시를 지어 세상을 조롱하다 • 고다의 짧은 풍자시

내 고향 방문기

내가 살던 고향은 벚꽃 만발한 여좌천변
고향집 집터에는 낯선 문패만 덜렁거려
향하던 발걸음조차 낯설음에 머뭇대네.

방문객을 반길 사람 아무도 없어서
문고리 매만지다 옛 추억을 떠올려도
기억이 가물댈 만큼 흘러버린 하 세월.

벚꽃축제 군항제로 유명한 진해는 내 고향이다. 조카 결혼식에 내려
간 김에, 45년 만에 내가 살았던 고향집터를 찾아보았다. 어릴 적 설
령대 관사나 무성했던 무화과나무는 흔적도 없이 사라져서 낯선 문
패 앞을 서성거리다 발길을 돌렸다. 여좌천 건너 저수지도 생태공원
으로 바뀌고 내가 다녔던 도천초등학교, 진해중학교 교정도 낯설기
는 마찬가지다. 제황산공원, 속천바닷가 등 시내 여기저기를 쏘다녀
보았지만 세월의 무상함만 느껴진다. 아, 이래서 자주 찾지 않는 고향
은 고향이 아니로구나, 내가 너무 오래 고향을 버린 것이로구나...

박경리 기념관

박씨 집안 장녀로 태어나서 죽기까지
경상남도 통영에서 강원도 원주까지
리얼한 삶의 진면목, 이 강토를 물들이다.

기를 쓰고 살아본들 버리고 갈 것만 남아
염통에 끓던 피를 글로서 토해내니
관자재 무념무상에 한평생이 갔더라.

고향 진해를 방문한 김에 멀지않은 한려수도 통영시를 찾았다. 바다를
둘러 본 뒤 그녀의 묘소가 있는 산양읍의 〈박경리 기념관〉을 찾았다.
'살아있는 모든 것들의 생명은 아름답다. 피동적인 것은 물질의 속성이
고, 능동적인 것들은 생명의 속성이다' 그녀의 말처럼 생명의 아름다
움을 캐내고 밝히기 위해 평생 글쓰기에 정진했던 한국 현대문학의 어
머니, 그녀의 무덤 앞에 잠시 머리를 조아리고 발길을 돌렸다.

으아리

으아악,

　꽃줄기를 뜯으려다,

　살갗에

아린 상처 응어리져

　하얗게 질리고도

리본 단 소녀 네댓이

　속삭대는 한여름.

미나리아재비과에 속하는 다년생 낙엽덩굴식물인 으아리의 유래를
소개한다. 첫째는 가는 모양새에 반해 줄기가 질겨 잡아챌 때 살을
파고드는 아픔으로 "으아악" 소리를 지르게 된 데서 붙여졌다는 설이
고, 둘째는 그 열매가 응어리진 팔랑개비처럼 생겨 응어리로 부르던
것이 으아리로 변형되었다는 설이고, 셋째로는 옛날 지게꾼들이 즐겨
사용하던 칡넝쿨이나 인동넝쿨보다 더 많은 짐을 싣고도 끊기지 않
아 놀라서 "으아"하고 탄성을 지른 데서 유래한다는 설이다. 6-8월 사
이 꽃이 피고 4-6개의 하얀 꽃받침조각 중앙에 술처럼 올라간 것이
실제 꽃이란다. 뿌리를 달인 위령선은 사지마비나 중풍을 치료하는
한약재로 쓰인다. 향기가 고와서인지 꽃말은 '고결'이다.

6.25

6월 그날도 그랬을까,

　포탄이 빗발치듯

이글대는 땡볕에

　초죽음이 되었을까

오라는 비는 안 오고

　애가 타는 목마름

오늘도 여전히 폭염이 맹위를 떨치고 있다. 모레가 6.25 동란이 벌어진 바로 그날인데, 포탄이 빗발치듯 쏟아졌을 그날을 떠올리며 오랜 가뭄을 원망하는 심정에 한 수 흘린다. 다행히 이번 주말에 비가 내린다 하니 해갈의 기쁨을 기대해 보자.

저 바람 때문에

저 바람 때문에 시 한 줄 못 쓴다.
바람이 나 대신 나무를 흔들더니
남정네 발정하듯이 이내 맘도 흔들려

때때로 바람 둥지고 바지춤을 움켜쥔다.
문득문득 치미는 애욕(愛慾)의 순간마다
에둘러 타이르던 게 저 바람뿐 아니었나.

이승훈 시인의 〈저 바람 때문에〉라는 시를 읽다가 한 수 흘린다. 시인이 시를 못 쓰는 게 어찌 바람 탓일까. 흔들릴 때마다 나를 붙잡아주던 게 저 바람 아니었나. 바람아, 더 거세게 불어다오.

개망신

개과천선 할 리 없어

　　너도 나도 조롱하네.

망해야 할 당(黨)인 줄

　　국민들이 다 아는데

신경질 부린다한들

　　눈 밖에 난 불한당.

자유한국당이 당의 쇄신을 바라는 뜻으로 SNS에서 실시한 '자유한국당 5행시' 공모행사에 당의 바램과 달리 거의 대부분 비판의 글이 올라와 개망신을 당하고 있다. 예를 들어, "자유라니/ 유신독재 수준의 정당이/ 한국이란 말도 당 이름에 붙이지 마라/ 국가적 개망신이다/ 당 해체가 답이다.", "자, 보시오/ 유리한 것만 고르지 말고 제대로 좀 보시오/ (댓글의) 한 80~90%가 비난이오/ 국민의 뜻이 이렇소/ 당당하고 떳떳하다면 이 댓글들도 고소해 보시오'라고. 단풍시인도 가만히 있을 수 없어 '개망신'이란 시제로 한 수 남긴다.

햇감자

햇살이 따갑더니
　씨알이 굵어진다.
감당 못할 팽창감이
　흙더미를 헤집던 날,
자줏빛 햇감자 덩이,
　줄줄이 딸려 나와.

지난주에는 양파를 캤다. 오랜 가뭄 끝에 농원의 첫 수확물치고는 제법 알이 굵었다. 7월 첫 주에는 감자를 캘 것이다. 이 녀석들은 또 어떨지 자못 궁금하다. 다행히 며칠 사이 비가 좀 뿌렸으니 그 사이에 얼마간 또 자랐을 것이다. 지금껏 기대 이상으로 수확을 거뒀으니 올해도 실망시키진 않으리라.

7월

인디언의 7월

빛을 저장한 열매가
　익어가는 달이다
먹을 수 있는 콩이
　조금 열리는 달이다
연어가 떼 지어 강을
　거스르는 달이다.

오늘 밴드 방에 올라온 글 중에 북아메리카 인디언의 7월이라는 짧은
글이 눈에 들어온다. 예를 들어 "산딸기가 익는 달, 나뭇가지가 열매
때문에 부러지는 달, 천막 안에 앉아있을 수 없는 달" 이런 식이다. 자
연에서 터득한 저들의 지혜를 함께 느껴보자는 뜻에서 한 수 남긴다.

여름밤

여름밤은

　가만히 내버려두지 않는구나,

늠실대는 욕정에

　바람마저 서늘하여

밤하늘 별을 세다가

　또 한 밤을 지새우네.

뙤약볕 해가 기울고 어둠이 찾아오면 더위에 가위 눌렸던 욕정이 늠
실늠실 피어나고 더운 바람 대신 서늘한 기운이 어둠을 이리저리 휘
저을 쯤엔 밤하늘의 별이 총총 눈에 박힌다. 여름밤이 짧게 느껴지는
것은 그만큼 여름밤이 아름답기 때문일 것이다.

인생길

앞만 보고 걸었더니
　지치게 되더라
재빨리 달렸더니
　넘어지게 되더라
서둘러 뛰어왔더니
　후회하게 되더라

누군가 인생길이란 짧은 글을 밴드 방에 올렸다. 서둘러 걸어온 길을
후회한다는 내용이다. 맞다. 한번 뿐인 인생인데, 뭘 그리 조바심 내
며 살아야 하나, 잠시 삶을 반성하며 한 수 남긴다.

우연성

우연을 각색하고

　필연을 윤색하여

연출해 온 운명을

　신화(神話)라 부른다면

성급한 성공신화는

　여름 한낮 신기루.

한 개인의 일대기는 강물과 같다. 자연의 순리대로 도도히 흘러흘러 비로소 바다에 이르기 때문이다. 그런데 급물살을 타는 이들도 적지 않다. 마치 폭포수 마냥 쏟아졌다가 샘물처럼 솟구치기도 한다는 것이다. 요즈음 계속 함구 중인 국민의당 안철수를 보며 한 수 남긴다.

독버섯

독하게 살아야한다,

　더부살이 것들아

버려진 땅 어디서건

　생명줄 간당거려도

섯등에 받아낸 짠물,

　소금이 되잖더냐.

며칠 비가 온 뒤 숲 속에선 이름 모를 버섯들이 피어있다. 솔잎이나 나뭇잎 아래 날려 온 포자들이 축축해진 기운을 받아 땅 위로 솟구친 모습은 실로 장관이다. 기생식물인 버섯의 생명력을 땡볕을 받으며 소금이 되는 염전의 모습으로 치환해 보았다. 여기서 섯등은 '염전에서, 바닷물을 거르기 위한 시루 같은 장치'를 말한다.

자화상

자랑삼아 내뱉는 말, 왕년엔 잘 나갔지
화려했던 날들은 내 인생의 과거형
상처를 봉합하려는 빈손만 바빠진다.

자고나면 나아질라나, 밤새 뒤척였네
화창했던 봄날을 다시 한 번 재연하고파
상기된 표정 감추는 기울 속 그대여.

얼마 전 장난삼아 휴대폰 운세를 본 적이 있다. 40대 중반까지 고공
을 달리다가 그 후로 저점으로 추락하여 지금까지 그대로란다. 아니,
AI의 위력인가, 우연한 맞춤인가, 얼른 off 시킨 후 곰곰 생각하니 내
인생의 장밋빛은 정말 그때까지였다. 지금의 내 인생은 내게 씌워진
상처를 스스로 달래는 자가 치유 상태이다. 여러분은 어떠하신가.

살모사

살가운 모녀간 정은

　뱀의 이빨 같아서

모진 딸 옆에 있다가

　별안간 독침 맞아

사경을 헤매는구나,

　그 어미에 그 딸.

정유라가 최순실에 불리한 증언을 한 것을 보고 최씨 측 대변인은 '살
모사(殺母蛇)'라는 표현을 썼다. 제 어미를 죽이는 뱀이란 뜻인데, 실
제로는 그렇지 않다. 새끼가 배 속에서 부화한 다음 산란을 하다 보
니 어미 뱀이 지쳐 쓰러져 있는 모습이 눈에 띄어 붙여진 이름이다.
살모사보다 못한 이들 모녀를 보고 한 수 남긴다.

빈 의자

빈약해진 무릎이

　자꾸 쉴 곳을 찾는구나,

의탁할 사람 없이

　놓여 진 의자 하나,

자리가 빈 줄 알아도

　차마 앉질 못하겠네.

"...그립다는 것은 빈 의자에 앉는 일/ 붉은 꽃잎처럼 앉았다 차마 비
어 두는 일..." 문태준의 〈꽃 진 자리에〉라는 시 속의 '빈 의자'를 시제
로 나도 한 수 남긴다. 내 한 몸 힘들어 잠시 앉아보는 빈 의자 하나
에도 온갖 상념과 그리움이 묻어있다.

　　일기 쓰듯 시를 지어 세상을 조롱하다 · 고다의 짧은 풍자시

덩리쥔(鄧麗君)

덩그러니 빈 하늘에

　달빛만 고요하고

리라꽃 꽃향기가

　내 마음을 적시는 밤,

쥔 손에 담긴 악보로

　애써 그댈 불러보오.

영화 삽입곡 '첨밀밀(舔蜜蜜·꿀처럼 달콤한)'과 '월량대표아적심(月亮代表我的心·달빛이 나의 마음을 대신하네)'은 대만 출신 가수 덩리쥔(1953~1995)이 불렀던 노래다. 등려군으로 많이 알려진 그녀의 노래는 나의 애창곡이기도 하다. 최근 그녀의 삶을 다룬 책 2권이 나란히 출간되었다. 〈등려군, 달빛이 내 마음을 대신하죠〉, 〈가희(歌姬) 덩리쥔〉으로 추억여행을 떠나보자.

무더위

무진장의 열기가
　　폭동을 일으킨다.
더 이상 방치하면
　　온 세상이 불바다,
위수령 발동해본들
　　감당 못할 진압군.

무더위가 위세를 떨치고 있다. 마치 열기를 뿜어내는 폭동 같다. 선풍
기니 에어컨이니 얼음물이니 별의별 대응책을 강구해 보지만 별 소
용이 없다. 여름 한 철 더위에 갇혀 살밖에.

소녀상 위안부

소녀의 당시 나이는 방년 십칠세

여심(女心) 잃고 돌아가시니 향년 구십일세

상처를 보듬고 가려 애끓었던 한세월.

위로의 말 한마디 잠시 소나기로 지나가고

안치된 시신 곁엔 저승사자 찾아드니

부용향(芙蓉香) 가득 피워서 영혼 혼례 올리소서.

며칠 전 7월 23일, 위안부 할머니 한 분이 돌아가셨다. 김군자 할머니, 향년 91세. 부용향 가득 피워 영혼 혼례라도 올려주자는 뜻에서 '소녀상, 위안부'로 운을 띄워 시를 한 수 남긴다. 이제 남은 생존자는 서른일곱 분뿐이다. 일본은 더 늦기 전에 진정한 사과를 통해 이 분들의 한을 풀어주어야 하리라.

낡은 것

낡아빠진 자들은
　자진하여 물러나라,
은감불원 교훈을
　뼛속 깊이 간직하라,
것곳은 꽃도 오래면
　시들기 마련이니

뒤늦게 영화 〈남한산성〉을 보았다. 서로 입장을 달리한 두 충신, 이조판서 최명길과 예조판서 김상현의 대립이 불꽃 튄다. 인조가 청나라 칸의 부름을 받고 삼전도로 향하기 직전 김상현이 최명길에게 내뱉은 말, "나도, 그대도, 임금마저도 낡은 것을 청산해야 나라가 바로 설 것"이라는 대사 중 '낡은 것'으로 운을 띄워 영화감상의 변을 시로 남긴다. 은감불원(殷鑑不遠)은 '선대의 실패를 자신의 경계로 삼으라'는 뜻이고, 것곳다는 '꺾꽂이하다'의 옛말이다. 구태의연한 정치인들이 새겨들었으면 좋겠다.

8월

8월은

8월은 모든 열매가
　익어가는 달이다.
월등히 밤하늘이
　낮아지는 달이라서
은하수 푸른 물결에
　잠 못 드는 달이다.

8월의 첫날이다. 더위가 절정을 이루는 7말8초는 많은 사람들이 피서를 떠나는 시기라서 한산한 느낌이 감돈다. 아메리카 인디언들은 8월을 열매가 익어가는 달이라 노래했다. 결실을 맺기 위해 삼라만상이 안간힘을 쓰는 달이라서 8월 한 달을 어떻게 보내느냐에 따라 입시생은 당락을 좌우하고 과실나무는 수확을 좌우한다. 거기에 덧붙여 나는 밤하늘이 낮아지는 달이라 부르고 싶다. 대학 시절 청정 울릉도에서 보았던 은하수를 잊을 수 없어서이다.

일기 쓰듯 시를 지어 세상을 조롱하다 • 고다의 짧은 풍자시

군함도(하시마)

군국의 깃발 아래 서슬 퍼런 외딴 섬.

함경에서 경상까지 끌려 온 뭇 장정들,

도망 갈 엄두는커녕 갱도에 갇혀 사네.

하찮은 민초들의 굴곡진 막장 애사(哀史),

시간이 흐른 만큼 상처 위에 쌓인 딱지

마음에 지고 갈 짐은 어느 누가 보듬을꼬.

영화 〈군함도〉를 보았다. 한수산 원작과는 딴판으로 각색되었다지만 그곳 하시마(はしま; 일명 군함도)에서의 참상은 별반 다르지 않았을 것이다. 대동아전쟁 당시 석탄을 캐내기 위해 불러들인 조선인들을 마치 노예처럼 부렸던 현장이다. 이곳을 일본 정부가 나서 유네스코 문화유산으로 지정하려 한다니 참으로 어이가 없다. 극심한 굶주림과 막노동에 치를 떨었던 탄광노동자들의 원혼부터 풀어주기를 바란다.

두물머리 연꽃

두 갈래 강물이 한 강물로 합치더니
물길을 찾지 못해 한참을 서성이다가
머물다 간 흔적 하나 남김없이 흐르네.

리본 단 소녀마냥 수줍게 웃음 짓다
연분홍 꽃잎 너머로 드러누운 강물에
꽃다운 시절 감추려 부신하던 한뉘름.

덕소에 있는 유천화실에서 밤새 마신 술을 깨울 요량으로 아침에 눈
을 뜨자마자 근처에 있는 두물머리(兩水里)를 찾았다. 호수 같은 강변
에서 잠시 여유를 부려보고, 한창 절정을 이룬 연꽃들도 감상하였다.

일기 쓰듯 시를 지어 세상을 조롱하다 • 고다의 짧은 풍자시

치바이스(齊白石)

제풀로 배워 익혀

　작풍(作風)이 신통방통,

백지에 휘갈긴 붓,

　새우처럼 펄떡이니

석양에 해 지더라도

　월광(月光)으로 빛나리라.

예술의전당 서예박물관을 찾았다. 한중수교25주년기념으로 齊白石 (치바이스; 1864~1957) 전시회가 열리고 있어서다. 한낱 목장(木匠)에 서 세계가 인정하는 거장(巨匠)으로 발돋움한 그의 작품세계는 실로 경이롭다. 시(詩) 서(書) 화(畵) 각(刻) 전 분야에 독창적인 작품을 많 이 남겨 후세 사람들은 그를 일러 동양의 피카소라 부른다. "목마른 사람이 물을 찾고, 배고픈 사람이 먹이를 찾듯, 독서와 각인에 한순간 도 손을 떼지 않았다."는 자술(自述)을 읽으며 잠시나마 그의 예술혼 을 가슴 속에 담아 보았다.

자화상

자상하게 웃고 있는

　　그대는 누구인가

화사한 웃음 뒤로

　　스며진 삶의 진창.

상처가 아문 자리에

　　골 깊어질 주름살

어제 이발을 하면서 거울 앞의 내 얼굴을 찬찬히 들여다보았다. 웃음 띤 모습을 보이려 애써보지만 허옇게 성긴 머리칼, 늘어나는 주름살 이 영락없는 노인네다. 하긴 머잖아 환갑이니 삶의 질곡이 어찌 없겠 는가. 오십이 넘어 겪은 깊은 상처가 윤동주 시 〈자화상〉에서처럼 나 자신을 밉게 만들었다. 윤 시인같이 우물가에서 보았던 미운 사내의 모습이 언젠가 그리워질 날이 올라나. 추억처럼 그날이 빨리 왔으면 한다.

붉은 선(Red line)

붉음은 도발이다,

　피를 부르는 경고다.

은근한 우격다짐,

　피바다로 물들까 봐

선 그은 자리 살피며

　전전긍긍 하누나.

북한에선 영어 Red line을 자주의식 차원에서 우리말 '붉은 선'이라 표현한다. 자주국방을 내세운 핵무기 개발에 대해 미국과 UN의 제제 조치가 강도를 더해 가자, 드디어 콱 타격을 경고하고 나섰다. 그야말 로 붉은 선을 넘어서고 있어 당사국뿐만 아니라 전 세계를 바짝 긴 장시키고 있다. 하루빨리 대화를 통한 평화 모드로 전환되길 바라며 한 수 남긴다.

광복절

광야에서 부르던 노래,
　오늘 다시 불러보네
복창(復唱)마다 목 메여도
　감격의 그날 잊지 못해
절절히 가슴에 새겨
　후대에 전하리라.

제72주년 광복절이다. "흙 다시 만져보자, 바닷물도 춤을 춘다. 기어
이 보시려던 어른님 벗님 어쩌하리"로 시작되는 광복절 노래는 정인보
선생이 작사하고 윤용하 선생이 곡을 붙였다. "이날이 사십 년 뜨거운
피 엉긴 자취니 길이길이 지키세 길이길이 지키세" 노랫말이 가슴에
와 닿는 요즈음 시국이다. 북한 핵공격이든 미국의 북한 선제공격이든
어떤 난동에도 굴하지 않고 이 나라를 지켜내야 하기 때문이다.

아리랑

아하 그렇구나,

　나를 찾아 떠나는 여정

리치(理致)를 깨닫거든

　내 다시 돌아오마.

랑보(朗報)를 전하고 싶어

　바빠지는 발걸음

광복절을 전후하여 아리랑 노래가 많이 불려 나온다. 모 경기 아리랑 연구가가 아리랑 고개는 '참 나'를 찾아가는 여정을 상징하고, 아리랑의 '리'는 깨달음의 이치를, '랑'은 깨달음의 기쁨을 나타낸다 한다. 참 나를 찾았으니 이 어찌 기쁘지 않겠는가. 그럴싸하다. 한 맺힌 아리랑 고개만 떠올리지 말고 조용히 가락을 읊으며 참 나를 찾아보자.

기억6

기억의 저편을

　어루만지던 빈손들아,

억하심정 짓누르던

　불편했던 진실들아,

육안에 고인 눈물이

　마를 날을 경계하라

군사독재정권 시절 악명을 떨쳤던 남산의 중앙정보부 6국 자리를 인
권의 산실로 바꾼다 한다. 부끄러운 역사를 더 이상 외면하지 말고
기억하자는 의미로 이름도 '기억6'으로 짓기로 했다 한다. 고통 대신
소통의 공간이 되기를 기원한다.

　　일기 쓰듯 시를 지어 세상을 조롱하다 ・ 고다의 짧은 풍자시

장대비

장마철도 아닌데
　웬 비가 이리 오누,
대낮부터 맞은 비에
　젖은 옷을 널어 봐도
비릿한 습기 머금어
　마음마저 축축해져

머칠째 비가 이어지고 있다. 덕분에 여름 더위가 한 풀 꺾였지만 높은 습도 때문에 젖은 빨래들이 잘 마르지 않는다. 빨리 청명한 가을이 왔으면 좋겠다.

감삿갓 방랑기

김익순의 죄를 논해 조상을 욕보인 죄,

삿갓으로 하늘 가리고 산천을 떠돌다가

갓끈을 동여맨 채로 타지에서 객사하다

방중 개존물 이요, 선생 내불알 일세

낭랑한 목소리로 육두문자 덧칠하니

기밀힌 풍지 춘극에 서당개도 웃더라

1807년 경기 양주에서 나서 1863년 전라 화순에서 객사한 조선후기
의 방랑시인 김방연은 성골 집안인 안동 김씨 태생. 그러나 1811년(순
조11년) 선천부사였던 조부 김익순이 홍경래의 난 때 항복한 죄를 물
어 가세가 기울었다. 16세 때 향시에서 "김익순의 죄를 논하다"라는
시를 지어 장원급제하였으나 자신이 비판한 김익순이 친조부임을 알
게 된 후 20세에 집을 나서 방랑생활로 전전하였다.

한번은 평안도 철산 마을의 서당을 찾았는데, 방 안에 틀어박혀 인사
하러 나오지 않는 훈장을 질타하는 욕지거리 즉흥시를 이렇게 읊었
다. "書堂乃早知 房中槪尊物 學生諸未十 先生來不謁(서당이 있는 줄
일찍이 알았거늘 방 안의 귀한 분인 양 거들먹거리고, 학생이라곤 고
작 10명도 못 되는데 선생이란 작자는 인사하러 나오지도 않는구나)"
이외에도 전국 방방곡곡을 돌며 숱한 풍자시를 남겨 '방랑시인 김삿
갓'으로 이름을 떨쳤다. 내가 짓는 短諷詩(짧은 풍자시)도 원조를 따
지고 들면 그에게 닿지 않을까.

일기 쓰듯 시를 지어 세상을 조롱하다 • 고다의 짧은 풍자시

나이듦

나이 들수록 덜 가지고
　더 비워야 한다마소
이고 지고 갈 짐이
　등짝에 수북하이.
듬직한 지팡이 하나,
　여생(餘生)의 꿈이로다.

빌 모레가 육십인데 하는 짓이 어리다. 절제하지 못한 삶의 찌꺼기에
여생이 그리 순탄하지 못 할 것 같아 씁쓸하다. 벤자민 프랭클린이
인생의 14가지 덕목 중 'Temperance(절제)'를 왜 제1의 덕목으로 삼
았는지 살아갈수록 뼈저리게 느끼게 된다. 어쩌랴, 내 짐은 내가 스
스로 지고가야 한다. 다만 듬직한 지팡이 하나 갖는 게 소원이다.

다대포 몰운대

다 내려놓고 가는구나, 굽이쳤던 낙동강물
대단했을 위세도 이쯤에선 한줌 모래
포구의 파도소리만 그칠 줄을 모르네.

몰살을 각오하고 바다를 지키다가
운명하신 장군 넋이 구름으로 멈춰 서서
대대로 하구 전체를 옥토로 가꾸나니

형님 기일 차 부산역에 도착하자마자, 다대포 행 전철로 갈아탔다. 다
대포(多大浦)는 부산의 서남단 끝자락에 위치하며 낙동강이 바다와
만나는 곳이다. 임진왜란 때 정운(鄭運) 장군이 왜군을 물리치다 목
숨을 잃은 군사 요충지이기도 하다. 해수욕장과 맞닿은 몰운대(沒雲
臺)에 오르다보니, 본인의 이름인 '운(運)'이 몰운의 '운(雲)'과 발음이
같아서 이곳에서 목숨이 다할 것임을 직감하였다는 일화가 새겨져
있다. 그렇게 지켜낸 연고인지 이곳 낙동강 하구는 보기 드문 곡창지
대이다. 역사와 운치가 살아있는 이곳을 다녀가 보시기 바란다. 산초
맛이 알싸한 장어탕도 일품이었다.

일기 쓰듯 시를 지어 세상을 조롱하다 · 고다의 짧은 풍자시

택시운전사

택시를 대절하여 광주로 잠입한 뒤

시민 향한 발포장면 카메라로 몰래 담아

드디어 외신을 타고 전 세계에 알리다

라디오 TV 가려진 진실, 눈물 없이 볼 수 없어

이 영화 끝날 때까지 손수건을 꺼내들고

버려도 못 버릴 오점, 씻어내려 애쓰다

요즈음 5.18을 배경으로 한 영화 〈택시운전사〉가 1천만 관객을 넘어서서 화제가 되고 있다. 1980년 5월 위험을 무릅쓰고 광주에 잠입했던 독일기자 위르겐 힌츠페터(토마스 크레취만 분)와 그를 태우고 간 서울 택시운전사 김사복(송강호 분)의 실화 영화가 많은 이들의 심금을 울리고 있어서다. 대학가요제 출전의 꿈을 간직했던 광주 대학생 구재식(류준열 분)이 자신의 목숨을 버리면서까지 "끝까지 진실을 밝혀 달라"고 호소하는 장면에서는 가슴이 먹먹했다. 다시는 이런 비극이 없어야 한다. 이참에 사건의 진실도 파헤쳐져야 하리라.

9월

깨달음

깨달음은 찰나이다,
　일순간의 번뜩임.
달관의 경지조차
　깨우치고 깨닫는 것.
음식은 갈수록 줄고
　묵상은 쌓이나니.

깨달은 자는 없다 한다. 오직 깨달은 순간들만 존재할 뿐. 우리 속담
에 "음식은 갈수록 줄고 말은 갈수록 는다"는 말이 있다. 먹을 것은
먹을수록 줄어드나 말은 할수록 보태지니 말을 삼가라는 뜻이다. 이
처럼 말없이 고요한 가운데 깨달음이 찾아오는 법, 그러니 깨달음을
구하는 자들이여, 묵상(默想)하라.

N잡러 워라밸

No.3 인생을 살지 않으려 애를 써도

잡일, 허드렛일 가리지 않고 일만 해도

러스트 밸트 주변을 벗어나지 못했지요.

워낙에 가진 것이 빈약하매, 몇 곱절

나 자신을 채찍질해 부자가 되고 보니

밸런스 유지하는 게 성공보다 힘듭디다.

각종 신조어가 난무한다. N잡러는 Number+Job+er이 합성된 여러 개 일자리를 가진 사람을 말한다. 좀 더 구체적으로 표현해 4.5잡(= 네 다섯 개 직업을 가진 사람)이라고도 한다. 불안한 미래에 대한 궁 여지책이 수입은 늘릴지언정 워라밸(=Work & Life Balance: 일과 생 활의 균형)이 무너지는 순간 Burn-out(산산조각)이 되므로 경계하라 는 한겨레신문의 기사를 읽다가, 라디오에서 현재 아마존 1위를 달리 고 있는 〈힐빌리의 노래〉라는 수필집을 소개하는 내용도 우연히 듣 게 되었다. Hillbilly는 미국 중남부 러스트 밸트(Rust Belt) 지역에 사는 가난하고 소외된 백인 하층민을 뜻한다. 오하이오 시골뜨기인 저자 J.D 밴스도 그런 사람이었다. 절치부심 끝에 최고 명문 예일대 로스쿨을 졸업하고 실리콘밸리에서 사업가로 대성한 개천에서 난 용 이 어린 시절을 반추하는 글을 남겨 전 미국인의 공감을 사고 있다. 할아버지가 일러 주신대로 균형 잡힌 삶을 사는 것이 중요함을 그의 입장에서 공감해 보았다

마광수

마음대로 탐하되

　본능에 충실 하라,

광기는 쾌락을 낳고,

　쾌락은 허무를 낳나니

수줍게 맞이한 죽음,

　장미보다 야하다.

〈즐거운 사라〉, 〈나는 야한 여자가 좋다〉 등 외설작품을 다수 남긴 마광수가 66세의 나이로 자택에서 자살했다. 그를 정신적 스승으로 여겼다는 고교 후배가 밴드 방에 올린 글을 읽다가 한 수 흘린다. 마교수는 을사늑약 때 자결했던 민영환을 빗대어 악착같이 살아남아 독립운동을 펼쳤다면 나라에 더 도움이 되었을 거라며 이띤 자살도 용감하시 않다는 말을 했다 한다. 용감함보다 비겁함을 선호했던 그였다. 그런 그가 스스로 목숨을 끊었다. 한 때의 광기가 허무로 돌변한 탓인가. 삼가 애도를 표한다.

고군산 관리도(古群山 串里島)

고립되지 않아서 좋겠다, 무리지은
군도(群島)를 연이은 고군산대교 너머로
산들이 바다에 누워 육지를 동경하다.

관심어린 시선들이 애닳아서 저만치
200해리(海里) 물길, 뱃길로 채우고도 징장불
노을한 몽돌들, 서로 몸 비비며 울부짖다.

선유도를 비롯해 63개의 크고 작은 섬들이 모여 있는 고군산군도, '옛 고(古)'가 암시하듯, 물 자리에 이름을 내어준, 오래 전의 군산(群山)을 말한다. 이른 아침 출발하여 정오가 되기 전에 새만금-신시도-무녀도-선유도-장자도까지 이어진 연육교를 차와 도보로 건너 또다시 배를 타고 목적지인 관리도에 도착했다. 생긴 모습이 마치 꼬챙이 같다 하여 관(串)이란 이름이 붙었고 서해안에서 200해리(약 40km) 거리에 위치하고 있다. 이곳은 해면 위로 솟구친 산봉우리들이 비경을 이루는 너머 섬들의 모습이 사방을 휘두르고 있는 조용한 섬이다. 임도를 따라 걷다가 쉬다가를 반복하길 1시간여 징장불 해수욕장에서 둥글둥글 몽돌들이 우리를 맞이한다. "비바람에 시달려도 둥글게 살아가리~"〈조약돌〉노래를 불러대면서. 1박2일 한껏 힐링을 하고 온 멋진 여행이었다.

청문회 vs 강연회

청문회 가는 길은 도살장 가는 길
문제 삼는 놈들아, 니들이 백정(白丁)이냐
회유도 한 두 번이지, 나 같으면 자결한다.

강연회 가는 길은 배우러 가는 길
연사(演士)를 바라보는 청중들의 눈길에
회심의 미소 짓다가 깨우침을 얻고 오네.

1연: 연이은 청문회로 세상이 시끌벅적하다. 시종일관 정략적으로 지
명자를 매도하기 일쑤다. 딴지를 거는 이유도 각양각색이고 억지주장
과 막말이 난무한다. 이래서 세계만방이 우리나라를 정치후진국으로
분류하는 것일 게다. 의원 나리들, 제발 부끄러운 줄 아시라. 부부 싸
움도 이러지는 않을진대 정말 해도 해도 너무 한다, 이 지랄 같은 놈
들아.

2연: 서울 M중학교 초청으로 학부모 건강강좌를 다녀왔다. 2시간여
동안 똘망똘망 눈망울로 경청해 주고 궁금한 점들은 여지없이 캐묻
는나. 아하, 오늘도 이분들과의 대화를 통해 나도 많이 배웠다. 내가
가진 얄팍한 지식에 실생활에서 얻어진 그들의 지혜가 보태지니, 묻
고 답하는 사이에 확실히 깨우치게 되니 말이다.

한 글자

한 글자로 된 말들은

　　모두 다 소중하다

글과 말, 너와 나,

　　손과 발, 물과 불까지

자고로 쪼갤 수 없는

　　완전무결 존재감

어떤 작가가 한 낱말로 된 말만큼 위대한 것은 없다고 말한다. 더 이상 빼거나 더할 수 없을 만큼 소중한 것들이기 때문이라나. 그의 주장에 공감이 간다. 내가 사랑하는 외자는 '몸'이다. 몸이 있기에 내가 존재하고, 몸이 있기에 건강을 돌보게 되고, 몸이 있기에 사랑이 싹트기 때문이다. 네 몸을 내 몸처럼 사랑하고픈 사람과 가을 여행을 떠나고 싶다.

아오이 츠카사

아름다운 몸매를 과시하려 들지 마라
오금을 못 펼 정도로 광적인 성(性) 충동,
이름은 묻지 않아도 뭇 남성의 노리개.

츠기너기지 않도록 온 정성을 다 쏟아
카섹스, 집단섹스 가리지 않고 덤벼드니
사내놈 여럿 죽여서 회춘할까 하노라.

아오이 츠카사는 일본을 대표하는 AV배우이다. 우연히 보게 된 동영
상 속 그녀 얼굴은 청초하기 그지없다. 그러나 카메라가 돌기 시작하
면 어느새 색녀(色女)로 변신한다. 한일합작 영화에도 출연할 만큼 많
은 남성 팬을 거느린 그녀의 인기비결은 글쎄, 정성을 다한다는 것이
다. 남자 배우들이 서운하게 여기지 않을 만큼 그녀의 몸놀림은 가히
예술적이니까. '츠기너기다'는 섭섭히 여기다의 옛말이다. 고인이 된
마광수 교수가 그녀를 알고 있었다면 극단적인 행동을 삼갔을 텐데
아쉽다.

말 폭력

말이 씨가 되어
　난장판을 만드네.
폭력보다 더한 말로
　애간장을 태우니
탄식이 절로 나온다,
　덤&더미 철부지

어제 UN에서 트럼프가 또 막말을 쏟아냈다. 미치광이처럼 험한 말로
북한뿐만 아니라 전 세계를 위협했다. 어린 김정은을 상대로 아저씨
뻘인 트럼프가 내뱉는 말은 마치 덤&더미 형제가 난동을 부리는 것
같다. 몽니도 유분수지, 제발 유치를 그만 떨라.

술자리

술자리를 못 견디면

　주정뱅이 되고요

자신을 못 이기면

　땡깡쟁이 되지요

이다지 지당한 말씀,

　깨달으면 맨 정신

내가 상머슴으로 일하는 시민식당 〈밥시술시〉는 저녁마다 술자리다.
어제도 흥건한 술자리가 펼쳐졌다. 며칠 전에는 손님들과 어울려 마
신 술로 오랜만에 필름이 끊겼다. 자구책으로 식당 한켠에 "상머슴에
게 술 주지 마세요/ 주방장한테 혼나요"라는 경고문을 써 붙였으나
속수무책이다. 도대체 나는 맨 정신이 아니다. 여러분은 어떠신가.

정조 왕릉 행차

정조의 아비 사도세자가 뒤주에 갇혀 죽던 날
조정이 발칵 뒤집혔었지, 할애비의 뒤를 이어
왕좌에 오르자마자 화성 터에 뼈를 묻고

능행을 수행하길 무려 13차례, 오늘날까지
행렬이 이어지니 아비의 원혼 간 데 없고
자노를 꽉 내쉰 인괴, 그 효행을 배워가네.

9월 23-24일은 정조대왕 사후 222년 만에 '수원화성 능행차' 행사
가 열리는 날이다. 창덕궁을 출발하여 안양-의왕을 거쳐 수원까지
59.2km 전 구간을 수천 명의 행렬로 당시의 능행차 행렬을 그대로 재
현했다. 설레는 마음에 나도 사도세자와 정조가 묻힌 융·건릉, 능행
의 종착지인 화성행궁을 찾았다. 군데군데 둘러보다보니 정조의 효심
을 읽을 수 있었다.

바닷물

바닥이 드러났다고

   손 내려놓지 마라

닷새건 다섯 해건

   썰물 때가 되어야

물 빠진 뭍에서 다시

   띄울 배를 만드나니

바닷물은 매일매일 밀물과 썰물로 교차한다. 밀물 때에는 고기잡이 배가 출어(出漁)를 하지만, 바닥이 드러나는 썰물 때에는 배를 손 봐야 한다. 우리네 인생도 마찬가지다. 낮과 밤이 같아진 추분(9월 23일)을 지나면서 한 수 남긴다.

인내천

인걸은 간 데 없고

  도적떼만 난무하여

내가 가야 할 길을

  하늘에 물었더니

천리를 못 가더라도

  바른 길로 가라시네.

동학(東學)의 2대 교주였던 해월 최시형 평전을 읽었다. 그의 '인내천 (人乃天; 사람이 곧 하늘이다)' 사상은 인도의 성인 간디를 떠올리게 한다. 서학에 맞서 자강(自强) 노력을 경주했던 동학은 무능한 조정 과 열강의 외세에 짓눌려 버렸지만 들불처럼 내 가슴을 들끓게 한다.

요지경

요리조리 왔다갔다

　먹고 싸고 걷고 자고,

지지리 못난 놈도

　제 멋대로 살기 마련

경치고 포도청 간들

　그대로일 세상사.

가수 김광석과 그의 딸 사망에 대해 타살이었을 개연성이 제기되고
있다. 부인 서씨가 저작권 등 돈을 노려 둘 다 죽였을 거라는 거다.
저승에서 상봉했을 부녀만이 알 일이지만 이런 뉴스를 접하게 되면
세상이 참으로 요지경이라는 생각이 든다. 범생이보다 악인들이 판치
는 세상, 그냥 이대로 살아가야하나....

억새풀 갈대밭

억지로 흔들지 마라, 스스로 흔들리나니
새치머리 백발 되도록 바람에 온 몸 맡겨
풀 먹인 삼베옷 입고 제 무덤을 파고 있다.

갈 데라곤 땅 끝뿐, 더 갈 곳이 없어라
대번에 알아보았지, 쓸쓸하고 쓸쓸하여
밭 너머 지는 석양에 한 없이 드러눕다.

산과 들판에 억새가 지천이고, 강과 늪지에 갈대가 무리지어 피어있
다. 비슷한 생김새로 해서 많은 사람들이 혼동을 하지만 억새는 흰색
꽃을 피우는 반면 갈대는 갈색 꽃을 피운다. 둘 다 해질 무렵이 장관
이다. 떨어지는 해 사이로 우수수 흔들어대는 모습이 마치 우리네 인
생을 보는 것 같다. 이번 주말에는 서울 하늘공원으로 억새 구경이나
가야겠다.

10월

대장부

대장부로 태어나
　쓰임을 못 받더라도
장강의 물결 거슬러
　앞으로 나아가리,
부평초 떠가는 대로
　휩쓸리진 않으리.

10월의 첫날이다. 이순신 장군은 "대장부로 태어나 쓰임이 있으면 목숨을 바쳐 충성하고, 그렇지 못할 때에는 밭을 갈겠다."고 말씀하셨다 한다. 나도 나의 대장부 론(論)을 시로 남겨 보았다.

숟가락 젓가락

숟가락의 숟-자는 '술'에서 유래한 것.

가령 설+달이 '섣달'로 바뀐 것처럼.

낙장(落張)이 있는 말에서 어원을 가려내다.

젓가락의 젓-자는 '저'에 사이ㅅ을 붙인 것.

가짓수가 가지의 수를 나타내는 것처럼.

낙서(落書)도 맞춤법 맞춰 해야 기에 한 말씀

낙장(落張)은 제책(製册)이 잘못되어 책에서 책장이 **빠**지는 것을 일컫
는다. 낙서(落書)도 장난으로 아무데나 쓰는 글자나 그림 말고도, 글
자를 **빠**뜨리고 글을 쓰는 것을 의미한다. 모 일간지에 숟가락과 젓가
락의 받침이 서로 다른 이유를 설명한 기사를 보다가 한 수 흘린다.

관악산 둘레길

관악역 지나 석수에서 첫발을 내딛는다.
악산(岳山)의 둘레부는 부드러운 흙길이라
산허리 어루만지며 구름 위를 걷는 기분.

둘레의 서북쪽으로 도란도란 걷다보니
네 사람 입가에선 웃음이 끊이지 않네
길가의 코스모스도 시종일관 웃음꽃.

추석연휴를 맞아 동네 지인 네 사람과 관악산 둘레길을 반 바퀴 돌았다. 석수에서 출발하여 사당까지 장장 12.7km 산길을 놀멍쉬멍 걸었다. 산정상부와는 달리 길은 착했고 비온 뒤라 공기도 맑고 싱그러웠다. 마지막 사당 쪽 고개에서 바라본 남산 너머 북한산과 도봉산, 아차산, 불암산이 파란 하늘 아래 파노라마처럼 펼쳐진 광경을 목격하는 즐거움도 맛보았다. 올해가 가기 전에 나머지 절반 코스를 완주하기로 약속하고 '별주막'으로 발걸음을 옮겼다.

일기 쓰듯 시를 지어 세상을 조롱하다 · 고다의 짧은 풍자시

한가위

한걸음이면 잡힐 듯

　둥근 달을 이고서

가녀린 옷매무새,

　어머니가 오셨네

위안의 미소 짓다가

　밤새워 가시는 날.

나는 한가위 보름달을 볼 때마다 일찍이 돌아가신 어머님을 떠올린다. 어머니의 화신이 보름달인 듯 둥글게 떠올라 밤새 조용히 미소 짓다가 말없이 가신다. 10월 4일 한가위, 이날 밤에도 여지없이 어머님이 다녀가셨다.

마니산 참성단

마늘 먹고 인간이 된 웅녀의 기를 받아

니은 자로 솟구친 산 정상에 올라서니

산산이 구름 흩어져 푸른빛이 감도네

참으로 오랜 세월, 치성(致誠)으로 제 올리니

성스런 기운, 세상 가득 온 천지를 감싸고

단군의 홍익인간이 울림 되어 전하네

추석 하루 전날인 개천절, 강화도 마니산(해발 472.1m)을 찾았다. 소
재지 화도면이 말해주듯 나 홀로 우뚝 솟아있던 섬이 강화도에 붙어
버린 산으로서 정상에는 4천년 역사를 자랑하는 돌 제단이 있다. 단
군설화가 서린 이곳은 우리나라에선 최고로 기(氣)가 강한 곳으로서
전국 체전의 성화도 이곳에서 발화된다.

서울 궁궐 나들이

창밖에 낙엽지고 서산에 해질 무렵

경내(境內)로 깔리는 긴 그림자, 날 떠미네

궁궐을 허물던 치욕, 스멀스멀 치밀어.

창건한 지 6백여 년, 바람 잘 날 없었기에

덕을 쌓아 백성 돌보고 나라를 다스렸네.

궁 안을 거니는 사이 왕의 고뇌 헤아려져.

경건하게 돌다보니 곤령합(坤寧閤)에 발 머문다.

복면 쓴 낭인 칼에 명성황후 시해된 곳,

궁지에 몰렸던 역사, 두 번 다시 반복말길.

1호선 전철을 타고 서울 궁궐 나들이를 나섰다. 생애 처음 들어가 보는 창덕궁과 창경궁, 한가위 명절연휴 동안 무료입장이어서인지 사람들로 인산인해를 이룬다. 해설사의 설명을 들으며 돌아보길 1시간 반, 다시 북촌을 거쳐 경복궁까지 세 곳의 궁궐을 섭렵했다. 창경궁은 왕비와 대비의 거처였으나 일제 때 허물고 창경원 놀이시설로 탈바꿈된 비운의 역사를 간직하고 있고, 창덕궁은 태종(1404년) 때 창건되어 오백년 왕실의 희로애락이 담긴 곳이며, 경복궁 곤령합은 명성황후 민비가 시해된 곳이다. 마침 10월 8일이 바로 그날이라서 감회가 남달랐다. 치욕의 역사가 더 이상 되풀이되질 않길 소원하며 늦은 귀가 길에 올랐다.

망해암(望海庵)

망설이는 나와 달리

　자연은 견고하다

해결 못 할 고민도

　한때의 번뇌일 뿐

암자에 가부좌 틀고

　노송(老松)에게 배우다

10월 2일 관악산둘레길 서울 방향(석수-사당) 돌아보기에 이어 닷새 만에 안양 코스(석수-과천입구)를 돌았다. 금강사와 안양사에 이어 망해암을 들러보고 안양운동장 쪽으로 하산했다. 이 중 망해암은 산중턱에 자리하여 멀리 서해 바다가 보인다 하여 이름 붙여진 신라 시대 때 창건된 고찰이다. 탁 트인 시야와 노송들이 즐비한 이곳에서 잠시 머물다 한 수 남긴다.

샛노란 은행잎

샛강에 바람 잦자 가로수가 수상하다

노을이 깔리면서 잎들이 우수수수

난리도 저런 난리가, 나풀대는 나비떼

은빛 물결로 낙하하여 비단길을 이루더니

행여나 떠나신 님 길 잃어버릴까 봐

잎마다 노랑물 들여 십리길 마중 가네.

샛노란 은행잎은 가을의 전령이다. 잎이 노랗게 물들며 가을이 시작되
고 무수한 잎들이 다 떨어질 때 가을은 막을 내린다. 잎이 지기 시작
하는 은행나무 가로수 길을 걸으며 한 수 남긴다.

철조망

철저히 고립되어

　좁게 살려는 사람아

조금만 눈을 돌려

　먼 데를 바라보라

망신을 당한다한들

　속박보단 나으니.

세상이 각박해지면서 스스로 선을 긋고 갇혀 지내는 사람들이 늘고 있다. 경계를 벗어나는 일에는 항상 위험과 고통이 수반된다. 그걸 회피하면 당장에 안도감을 느낄 순 있겠지만 돌이킬 수 없는 외톨이로 전락할 수도 있다. 최근 9988클럽에 여러 사람들이 한꺼번에 입회하고 있다. 열린사회를 위한 좋은 징조이다.

존 레논 Imagine

존재감을 잃고서 상실감마저 밀려올 때
레논의 '이매진'을 찬찬히 불러보라
논쟁은 사그라지고 평화가 찾아오리.

이 노래 그치면 어둠이 물러가고
매일 떠오르던 태양도 더 뜨겁게 느껴져
진실로 마음먹으면 지금 여기가 천국.

라디오에서 존 레논의 〈이매진(Imagine)〉 노래가 흘러나온다. "...
Imagine all the people living life in peace. You may say I'm a
dreamer, but I'm not the only. I hope some day you'll join us, and
the world will be as one. ..." 월남전 반대운동에 앞장서며 평화를 기
원하는 노래 가사는 들을 때마다 평안을 선사한다. 피곤하고 지친 영
혼들에게 이 노래를 권한다.

지우개

지워도 지워도
　지워지지 않는다고
우물쭈물 은근슬쩍
　넘어가선 안 되지.
개똥도 약에 쓰려면
　보이지 않기 일쑤인데.

공론화위에서 신고리 원전 공사재개 쪽으로 손을 들어주자, D일보 L 경제부 차장이 "원전을 지우개로 지울 순 없다."며 탈 원전과 진행 중인 신고리 건설은 별개라고 탈 원전 진영에 양해를 구했다. 기사를 찬찬히 읽다보니 시민참여단 쪽 손을 들어준 공론화위의 결정을 존중하게 된다. 즉 원전 사업은 장기적인 안목에서 수행해야 하므로 공사에 착수하거나 가동 중인 원전에 대해서는 안전성을 최대한 높이는 대신 수명이 다 하는 순서대로 폐기 조치에 들어가야 하고, 그 사이에 신재생 에너지 개발에 열을 올려야 한다는 것이다. 지우개를 꺼내드는 게 능사가 아니라는 것이다.

꽃향기

꽃들은 몸에서

　피어나 눈에 박힌다.

향기는 입에서

　풍겨나 몸을 적신다.

기어코 할 일 다 하는

　꽃들의 몸놀림

가을꽃들이, 특히 국화가 한창이다. 여기저기서 꽃들의 향연이 절정
을 이루고 있다. 먼저 제 몸으로 다가와 우리 눈에 박히고, 내뿜는 향
기로 보는 이들의 온 몸을 적신다. 이처럼 제 할 일 다 하고 가는 꽃의
노고 덕분에 그 이름을 불러주지 않아도 꽃은 언제나 꽃이다. 고맙다,
꽃들아....

인사동

인적 드문 화랑에서
　시화(詩畵) 향에 빠져들다.
사랑 잃은 내 영혼에
　지펴진 불 삭히려
동동주 익는 주막을
　미친 듯이 배회하다.

모처럼 인사동을 찾았다. 남천 문하생 작품전에 함께 출품된 유천 오수철 선생의 문인화를 감상하고 근처 노화랑에서 이원희 초상화 전을, 경인미술관의 6곳 전시관에서 다양한 작품들을 감상하였다. 마음을 배불린 김에 골목 안 막걸리 집을 찾아 주거니 받거니 주향(酒香)에 한껏 취해 돌아왔다.

11월

잎사귀

잎들이 제 몸을
　털어내기 시작한다.
사시사철 지탱해준
　가지들아, 안녕~
귀밑이 빨개지도록
　제 한 몸 불태운다.

하루가 멀다 하고 잎들이 제 몸을 떨구고 있다. 그것도, 붉게 온 몸을
불태우며 대지의 신에게 제 몸을 헌납한다. 봄부터 제 몸을 건사해
준 나뭇가지의 부담을 덜어주기 위해서 이파리 하나 남김없이 아낌없
이 털어낸다. 낙엽은 자연의 위대함을 깨닫게 한다.

　일기 쓰듯 시를 지어 세상을 조롱하다 · 고다의 짧은 풍자시

윤이상

윤곽을 드러낼 때마다
　음색들이 장엄했네.
이리저리 물결치는
　그리움의 흔적들
상상 속 고향 앞바다,
　물안개로 피어나다.

1995년 11월 3일, 오늘은 고 윤이상 작곡가가 작고한 날이다. 끝내 고
국 땅을 밟지 못하고 멀리 독일에서 숨을 거두었다. 1967년 동백림사
건에 연루되어 2년간 옥고를 치른 후 독일로 돌아가 동양사상을 담
아낸 작품 활동으로 주목을 받았다. 그가 그토록 그리던 통영 앞바
다는 영원한 상상 속 염원으로 남겨둔 채 그의 오페라 작품 〈유동의
꿈〉, 〈심청〉 등에 녹아있다.

디지털 장의사

디밀던 젊은 한 때, 한 순간의 불장난

지난 세월 후회해도 불법영상 떠돌아

털어도 털리지 않는 부끄럼을 어쩌누.

장차 이럴 어쩔 건가, 깊은 시름 하던 차에

의외의 해결사가 악몽을 지워준다

사생활 화장(火葬)하고서 젖지 받은 새 인생.

새롭게 각광받는 직업 중에 '디지털 장의사'라는 직업이 있다. 인터넷에 떠도는 불법영상물들을 제거해 주는 일을 하는 직업이다. 대부분의 고객이 10대 젊은이나 연예인이라고 한다. 한 때의 불장난처럼 여겼던 불법영상물로 인해 겪어야 할 고통을 차단해 주므로 하루가 다르게 의뢰건수가 늘어나고 있다 한다. 처리비용이 만만치 않다하니 소위 말해 '돈 되는 사업'일 순 있겠지만 영 개운치가 않다. 여러분, 불장난을 조심합시다.

일기 쓰듯 시를 지어 세상을 조롱하다 • 고다의 짧은 풍자시

단풍길

단번에 알아챘네,

  나무들의 속삭임

풍성했던 잎들이

  낙하를 끝낼 즈음

길 따라 그리던 임도

  낙엽 되어 올 줄을.

동네 지인들과 주말 단풍 산행을 즐겼다. 과천의 서울대공원 뒷산을
한 바퀴 도는 순환코스 길은 온통 울긋불긋 총천연색이다. 시 속의
임은 다가올 겨울이다. 추운 겨울의 삭풍은 고통이라기보다 삼라만
상에 대한 담금질이기에 찬바람을 맞이하기 위해 나무들은 단풍으로
단장하고 낙엽을 떨궈 가을을 끝내려하는 것이다.

시자쥔(習家軍)

시라소니 용맹해도

  호랑이가 될 순 없지

자리다툼 벌인 끝에

  거머쥔 지존 왕좌

쥔 주먹 치켜세우고

  강호를 주름잡다.

시진핑 주석의 측근그룹인 시자쥔(習家軍)이 최근 공산당 19기 중앙
위원회 1차 전체회의를 통해 중국의 요직을 거머쥐었다. 확고한 1인
체제를 굳힌 시 주석의 다음 행보가 자못 궁금하다. 호랑이 곁에 살
고 있는 우리로선 더욱 염려된다. 정신 똑바로 차리고 두 눈을 부릅
뜨고 지켜봐야 한다.

일기 쓰듯 시를 지어 세상을 조롱하다 · 고다의 짧은 풍자시

이와사키 유카

이제 그만 돌아가려네, 떠나온 지 15여년
와서 흘린 눈물방울, 가슴 깊이 맺힌 멍울
사진첩 바랜 추억이 제 마음을 후비네.

키워 온 노스탤지어, 고향 요리로 담아내어
유카의 자연건강식, 족적으로 남겼나니
카나페 한 조각에도 그대 얼굴 선해요.

이와사키 유카는 한국에서 활동해 온 대표적인 일본의 요리연구가이
다. Macrobiotic(자연건강식)이라는 '자연 그대로의 식사'를 연구하고
전파해 왔다. 그런 그가 12월초 본국으로 영구 귀국한다길래 아쉬운
마음에 한 수 흘린다. 그간 수고 많았고, 잘 가시라.

방하착(放下着)

방황했던 시절을

　아낌없이 내려놓다.

하고많은 사람 중에

　너를 만나 사랑하고

착잡한 심경 감추려

　하염없이 뒹굴다.

방하착(放下着)은 "놓아버려라"는 뜻의 불교용어이다. 낙엽이 뒹구는
늦가을의 정취는 이 말을 떠올리게 만든다. 한 때의 사랑도, 방황도
다 지나가리니 바람에 휩쓸리는 대로 아낌없이 내려놓자.

광군제((光棍節; single's day)

광란의 도가니다,

　아니 싹쓸이 돈잔치다

군중심리 교묘히

　부추긴 부화뇌동

제 정신 차리고 보니

　탈탈 털린 주머니

11월 11일은 우리로선 '빼빼로 데이'이자 '가래떡 데이'였다. 같은 날
이웃 중국에선 중국판 Black Friday로 불리는 쇼핑의 광풍이 불었다.
알리바바 쇼핑몰이 9번째 광군제((光棍節; single's day)를 실시한 것
이다. 전년 대비 40% 이상 늘어난 단 하루의 매출은 무려 28.3조원,
우리나라 연간 인터넷 총매출의 44%에 달하는 금액이다. 싱글들을
위한 할인행사라지만 전 세계 사람들이 미친 듯이 쇼핑을 한 것이다.
부럽긴 하지만 상술에 놀아나는 하루였다. 씁쓸하다.

진앙지

진짜 내 속마음을
　　보여 달라기에
앙심 품은 노기(怒氣)로
　　헛기침을 했을 뿐,
지구가 들끓을 그런
　　날은 오게 말라.

수능 전날인 11월 15일, 경북 포항이 진앙지인 관측사상 두 번 째 규
모의 지진이 발생했다. 학교건물에 금이 가고 가옥이 무너지고 사람
들이 다치고, 급기야는 여진(餘震)을 감안하여 수능시험도 일주일간
연기하는 초유의 사태가 벌어졌다. 평소 나는 지진이나 해일이 끝없
는 탐욕을 추구하고 자연파괴를 일삼는 인간들에게 보내는 경고 조
치라고 여겼다. 자연을 노하게 하지말자.

기형도 문학관

기대 반 설렘 반, 가던 길이 목말랐네,

형언하지 못할 만큼 그대를 흠모하매

도저한 거센 바람도 깃털처럼 가벼웠지.

문고리 열자마자 그대 웃음 처연하고

학우들 회고영상에 한없이 숙연해져

관두지 못할 그리움, 빈 방에 두고 왔네.

일찍이 요절한 기형도 시인의 문학관이 지난 11월 10일 광명역 근처에 개관했다기에 주말 아침, 개관시간에 맞춰 그곳을 찾았다. 이른 시간이기도 하고 때마침 영하의 찬바람이 휘몰아치던 날이어서 그런지 그곳을 나오기까지 관람객은 나 혼자뿐이었다. 애송시를 읊조려보고 그의 사진을 쓰다듬기도 하고 시집을 펼쳐 소리 내어 읽기도 하고 꾸며놓은 빈방에서 우두커니 한참을 서 있다가 되돌아왔다. "잘 있거라, 짧았던 밤들아/ 창밖을 떠돌던 겨울 안개들아/ 아무 것도 모르던 촛불들아, 잘 있거라/ 공포를 기다리던 흰 종이들아/ 망설임을 대신하던 눈물들아/ 잘 있거라, 더 이상 내 것이 아닌 열망들아/../장님처럼 나 이제 더듬거리며 문을 잠그네/ 가엾은 내 사랑, 빈집에 갇혔네 (빈집 전문)"

기생충

기댈 곳이 초라하여

　미안하고 미안하다

생명줄 잇고 이어

　똬리를 틀었건만

충분한 양분은커녕

　위태로운 네 목숨

이번에 판문점 공동경비구역에서 탈북 했던 귀순병의 몸에서 27cm 크기의 회충이 나왔다고 한다. 검진 결과 폐렴에 B형 간염까지 앓고 있다하니 북한군 전체의 건강상태가 어림짐작된다. 우리 몸은 기생충의 입장에선 먹잇감, 곧 숙주(宿主)라서 그 놈의 회충에게마저 동정이 간다. 호의호식은 모든 생명체의 바램이다. 하루빨리 통일이 되어 남북 모두에게 잘 먹고 잘 사는 세상이 되었으면 좋겠다.

일기 쓰듯 시를 지어 세상을 조롱하다 · 고다의 짧은 풍자시

빈센트 반 고흐

빈곤의 뜨락에서 궁핍함을 덧칠했네.

센 척 하던 그 마음도 캔버스에 녹여냈네.

트리밍 굵은 선마다 묻어나던 삶의 집착.

반창고 붙인 귓전에 울렸던 한 발 총성,

고마운 동생에게 갚으려던 빚이었나니

흐뭇한 미소 날리며 별나라로 갔다네.

영화 'Loving Vincent'를 보았다. 빈센트 반 고흐가 죽은 지 1년 되던 1891년에 매일 그의 편지를 배달했던 우편배달부의 아들이 그의 마지막 편지를 동생가족에게 전달하기 위해 프랑스 파리와 아를을 방문하면서, 그의 권총자살에 대한 의문을 캐는 애니메이션 영화다. 그를 아낌없이 지원했던 동생 테오가 경제적 어려움과 매독 3기에 시달리는 걸 참지 못해 더 이상 부담을 주지 않으려고 우발적 자살을 했다는 게 추정된 결론... 꽉 짜인 스토리와 고흐풍의 화려한 색채감이 화면을 수놓는다. 오랜만에 좋은 영화를 감상하였다.

바디바바디바

바다 건너 일본에서 날아 온 냉동혈액,
디딤돌마냥 해동한 뒤 병실로 공수하여
바라던 시술 끝내니 한 생명을 살렸네.

바란다고 다 되던가, 낙심의 끝자락에
D-day 맞춰 베푼 온정, 이웃들의 고마움,
바느질 흰 땀 한 땀에 손 데우는 털장갑

회귀 혈액형인 '바다바바디바 혈액'을 가진 한 할머니를 살리기 위해
일본과 미국이 힘써 준 미담을 소개한다. 우리나라에 채 10명도 안
되는 초유의 회귀혈액을 가진 김 모(72세) 할머니가 심내막염 수술
을 받는데 필요한 혈액을 일본 적십자사가 나서서 냉동혈액을 보내왔
고, 이를 평택의 미군부대에서 바로 해동(혈액해동액이 이곳밖에 없
다 함)한 후 세브란스 병원으로 옮겨와 무사히 할머니를 살려냈다는
언론기사다. 저들의 훈훈한 온정을 털장갑에 비유해 보았다.

유;무죄

유죄라도

　그른 일이 아니라면 무죄인가

무죄라도

　옳은 일이 아니라면 유죄인가

죄 값은 맥박 같아서

　펄떡임이 냉정하다.

요즈음 낙태죄 폐지에 대한 논의가 한창이다. 현행법으로는 경위가
어찌되었건 낙태에 대한 처벌을 임신모에게 다 뒤집어씌우고 있어서
다. 여성단체에서 개정을 요구하고 나서면서 청와대에서까지 균형점
을 찾자고 거든다. 맥박도 너무 빨리 뛰거나 너무 느리게 뛰어선 안
된다. 하루빨리 균형점을 찾길 바라며 '유·무죄'로 운을 띄워 한 수
흘린다.

12월

낚싯배

낚으려나, 낚이려나,
　조바심에 애간장,
싯멀거니 물살 위로
　다가선 급유선에
배 밑을 다 드러내고
　물귀신에 낚이다.

12월 3일 영흥도 전복사고로 15명이 목숨을 잃었다. 새벽 6시경 어둠이 채 가시지 않은 시각에 급유선이 낚싯배를 들이받아 난 사고다. 사건의 자초지종을 가리기 전, 밤낚시를 즐기는 동네후배 Y가 떠올라 한 수 흘린다. 물귀신은 되지 말아야지, 아우야, 부디 몸조심해라

(식당개업) 1주년

일찍이 뜻한 바 있어

　밥집을 차렸노라

주먹밥 하나라도

　나눠먹을 생각으로

연말에 따순 밥 지어

　이웃들에 베풀다.

12월 5일은 작년에 문을 연 시민식당 〈밥시술시〉 1주년이다. 돌이켜 보면 애환도 적지 않았으나 보람이 더 컸다. 적은 돈으로 따순 밥을 나누고자 여러 시민이 함께 출자하였고 봉사하는 마음으로 식당 일을 함께 했다. 1주년을 기념하여 오는 16일 점심 때 동네 어르신들을 모시고 따순 집밥을 대접하려고 한다. 밥은 사랑이다.

용오름

용이 승천하던 날,
　해무(海霧)가 난무하고
오묘한 기운 뻗쳐
　역린(逆鱗)을 건드리다.
늠름히 회오리 일자
　비로소 열린 하늘

12월 5일 오전 10시경 제주 서귀포 남쪽 해상에서 용오름 현상이 목격되었다. 용오름은 토네이도를 이르는 우리말이다. 상하 온도차의 기류현상으로 기둥 모양으로 이는 회오리바람인데, 그 장대한 모습을 상상하며 한 수 흘린다.

쌓인 눈

쌓이는 눈의 결들은 견고한가,

　밤사이

인적 드문 거리를 쏘다니다가

　마침내

눈 속에 박히는 착시,

　한겨울이 헐겁다.

밤사이 내린 눈이 제법 쌓여있다. 사람들이 잠든 사이 빈 거리를 휘돌
다 쌓였을 눈의 모습을 시로 담아보았다. 눈은 겨울의 중압감을 견디
기에는 너무 가볍고 헐겁다. 곧 녹아버릴 눈의 헐거움을 안타까워하며
한 수 남긴다.

일기 쓰듯 시를 지어 세상을 조롱하다 • 고다의 짧은 풍자시

칼바람

칼끝이 무디거든
　어서 날을 갈아라,
바람이 독기 품으려
　안간힘을 쓰는구나,
남풍이 불기 전까진
　나도 칼을 갈란다.

대설이 하루 지났다. 오늘 아침 영하의 날씨에 칼바람이 장난이 아니
다. 영하의 기온 속에 살을 에는 바람은 필시 독기를 품고 있을 것이
다. 그 독기에 쓰러지지 않으려면 우리도 칼을 갈아야 한다. 이열치열
(以熱治熱)이다.

초고령(사회)

초로(初老)부터 고달픈 건

　빈곤의 소치인가

고생 끝 행복 시작?

　부질없을 장수(長壽) 욕심!

영혼이 맑아지도록

　노욕(老欲)만은 떨쳐내자.

초고령사회인 이웃나라 일본은 전체 인구 중 30% 가까이가 65세 이상 노인이다. 우리나라도 머잖아 초고령사회로 진입하게 될 것이다. 그런데 대부분의 고령 진입 세대들이 경제적 빈곤에 시달리고 있어 삶의 질 개선이 시급하다. 각자가 '자발적 가난'을 감내하고 헛된 욕심을 내려놓아야 하리라.

더, 더, 더! vs 소확행(小確幸)

더 열심히 살았어야 했는데, 후회해도
더는 악착같이 살지 않겠노라 다짐한다.
더 많이 내려놓아야 가벼워질 발걸음

소소한 기쁨이 모여 행복으로 쌓인다고
확신에 가득 차 진담처럼 말을 해도
행인지 불행인지는 스스로의 선택지

1연: 12월도 어느새 열흘이 흘렀다. 늦은 밤 서재에 앉아있다 보니 후
회되는 일들이 자꾸 떠오른다. 연말증후군이다 싶으면서도 어쩔 수 없
다. 근력도 심지도 해가 갈수록 약해진다. 노사연의 "늙어가는 것이
아니라 익어 가는 것"이라는 노래를 들으며, 더 이상 "더, 더, 더!"를 외
치지 않겠노라 다짐해 본다.

2연: 소확행(小確幸)은 일본의 인기작가 무라카미 하루키가 처음 언급
하여 유명해진 말이다. '작지만 확실한 행복'이라는 의미인데, 고양이가
이불 속으로 들어오는, 그런 소소한 즐거움이 행복이라는 것이다. 김
난도 교수가 〈2018 트렌드〉에서 이런 소소한 행복 추구가 유행을 탈
것이라고 예측하길래 그 느낌을 시로 남겨 보았다.

(주) 35시간 노동

삼삼오오 무리 지어 칼퇴근, 이제 겨우
5시라서 낯선 귀가길, 서녘 해가 온전한
시청 앞 버스 정류장, 합승하는 햇살.

간고등어 한 마리, 반찬거리 장만하러
노량진시장 가던 길, 햇빛이 쭉 따라와선
동네 앞 노착해서야 풀어놓는 허 루.

재계 10위 신세계그룹이 내년 1월부터 주 35시간(5일×7시간) 노동을 선언했다. 전 직원들에게 '저녁이 있는 삶'을 제공하겠다는 의지인데, 재계에 적지 않은 변화를 일으킬 것 같다. 쌍수를 들고 환영하며 부러운 마음에 '35시간 노동'으로 운을 띄워 한 수 흘린다. 퇴근 동선을 햇살을 타고 따라가 보는 상상을 해 보았다. 해 지기 전의 귀가, 생각만 해도 즐겁지 아니한가.

일기 쓰듯 시를 지어 세상을 조롱하다 · 고다의 짧은 풍자시

Everyman's War

에둘러 말하지 마라, 이기는 전쟁은 없어

브라보 승전고 울린들 모두가 피해자,

리볼버 총성 한 방에 다 사라질 환영들

맨 처음 춤을 췄던 그녀에게, 편질 부칠

즈음 그 편지로 말미암아 지켜낸 목숨,

워낙에 간절한 사랑, 목숨보다 질기나니.

영화 〈Everyman's War〉라는 영화를 보았다. 제2차 세계대전 때 연합군으로 파병된 미군들의 전우애와 사랑을 그린 실화영화이다. 입대 직전 알게 된 여성에게 전쟁터에서 썼던 편지를 부적처럼 품고서 최전방에서 살아 돌아 와, 결국 그녀와 결혼하게 된 스미스 병장(Cole Carson 분)에 대한 실화가 깊은 감동을 준다. 장면 중에 울려 퍼진 캐럴 송처럼 처절하지만 참 따뜻한 이 영화를 추천하며 한 수 남긴다.

도마질

도마는 칼날을
　거부하지 않는다.
마음대로 칼질 당해
　멍든 자국 아린들
질려도 질리지 않게
　삶의 비애 삭힌다.

시민식당 〈밥시술시〉도 연말연시라 여느 때보다 주방일이 분주하다.
자르고 썰고 다듬고 도마가 쉴 틈이 없다. 희붉게 멍든 도마를 보다가
미안한 마음에 한 수 흘린다. 우리네 인생도 이와 같으려니 하면서....

소나기

소담스레 땋은 머리,

　첫사랑 그 소녀는

나부끼던 소낙비로

　내 마음을 후벼 팠지.

기억을 되살리려고

　밟아보는 징검다리

군포시가 마련한 문학기행 일원으로 양평 소나기마을 속 〈황순원 문
학존〉을 다녀왔다. 그에게서 수학 받은 경희대 출신 제자들이 뜻을 모
아 스승을 기리는 문학관을 이곳에 세웠다 한다. 그의 대표소설 〈소
나기〉의 무대가 바로 이곳이어서이다. '소나기'로 운을 띄워 애틋한 첫
사랑을 떠올려 보았다.

처용가

처(妻)가 데불고 잔
  거친 숨의 외간남자
용기 냈던 물러남을
  아픈 처가 알았으랴
가라고 소리지른들
  역신이 물렀을꼬.

〈처용가(處容歌)〉는 신라시대 향가의 대표작이다. "서라벌 밝은 달
에/ 밤늦도록 노닐다가/ 들어와 자리를 보니/ 다리가 네 개라/ 들은
내 것인데/ 둘은 뉘 것인고/ 본래 내 것이지마는/ 빼앗긴 걸 어찌하
리" 아내를 범한 역신(疫神)을 쫓아낸 주술적 노래로 해석한다. 처용
랑 편에 실린 '벽사진경(辟邪進慶); 사악함을 물리치고 경사로
움으로 나아가세' 글귀처럼 연말연시를 이렇게 맞고 싶다.

일기 쓰듯 시를 지어 세상을 조롱하다 • 고다의 짧은 풍자시

시한부 (인생)

시간이 내 인생을

　거머쥐고 있는 사이

한없이 흐르고 흘러

　예까지 왔구나

부럽다, 장구한 세월,

　견고한 시간이여.

미국의 벤자민 프랭클린이 말했다. "네 인생을 사랑한다면 네 시간을 사랑하라. 네 인생은 시간으로 구성되어 있어서이다." 실제 그는 14가지 덕목을 내세우며 초읽기 인생을 살았다. 시간 앞에 느슨해진 나를 반성하며 '시한부 (인생)'를 시제로 한 수 흘린다.

강추위

강한 자만 살아남는 세상에서

　나 홀로

추위에 떨고 있는 건 아닌지,

　길을 걸으며

위기가 기회라던데,

　걷는 내내 중얼댄다.

며칠째 영하 10도를 오르내리는 강추위가 계속되고 있다. 그래도 걸어서 출근하는 일은 멈추지 않는다. 귓불을 얼얼하게 만드는 추위 앞에 기죽지 않으려고 힘차게 걸음을 옮겨보지만 여전히 춥다. 입에서 중얼거리는 말, "더럽게 춥네, 그러나 위기가 기회라잖나, 오늘 하루도 잘 될거야" 어느새 사무실이다.

구운몽

구름을 품지 않을

  하늘이 어디 있겠는가.

운명이란 흩어졌다 모였다

  사라짐의 연속

몽정(夢精)도 익숙해져야

  사랑이 깊어지리.

조선시대 숙종 때 집필된 김만중의 〈九雲夢〉은 우리나라 환상소설의 효시로 손꼽힌다. 초월계의 젊은 승려 성진과 현실계의 영웅적 인물인 양소유의 일대기를 그린 판타지 소설이다. 꿈인지 생시인지 분간이 가지 않는 가운데, 읽는 독자들에게 자신의 삶과 꿈을 돌아보게 만든다. 한 해가 며칠 남지 않은 지금, 당신의 꿈은 무엇이며 그 꿈을 이루고나 있는지...

부끄럼

부끄러워 괴로워한

　한 사내가 울고 있다.

끄집어낸 낡은 거울 속

　미간의 언저리마다

넘사벽 아픔에 겨워

　울고 웃는 자화상

올해는 윤동주 탄생 100주년(1917년 12월 30일 생)이 되는 해다. 각종
행사들이 풍성했던 한 해였기에 나도 그를 기리고자 한 수 남긴다. 그
가 가장 즐겨 쓴 시어 중에 하나가 '부끄럼'이다. 그의 대표작 〈서시(序
詩)〉에도 잘 나타나 있다. "죽는 날까지 하늘을 우러러/ 한 점 부끄럼
이 없기를/ 잎새에 이는 바람에도/ 나는 괴로워했다. 별을 노래하는
마음으로/ 모든 죽어가는 것을 사랑해야지./ 그리고 나한테 주어진
길을/ 걸어가야겠다. 오늘 밤에도 별이 바람에 스치운다." 더 이상 부
끄럽지 않게 살라는 교훈을 되새기며 시 전문을 읊조려 보았다. 시 속
의 넘사벽은 '넘을 수 없는 4차원의 벽'을 줄인 말이다

나가며

3 / 4 / 3 / 4

3 / 4 / 3 / 4

3 / 5 / 4 / 3

시조의 기본운율이나. 시조는 3음절 중심의 고려속
요와 달리 4음절 중심의 시가이다. 시조의 태동은
고려가 망해가던 시기에서 조선이 건국되던 시점과
맞물려있다. 4음절로의 변환은 큰 의미를 지닌다. 흥
을 돋우는 대신 뜻을 새기는 데 주력했기 때문이다.
이는 유교를 숭상했던 사대부들의 문화로 자리 잡았
던 결정적 이유이기도 하다.

매일 일기 쓰듯 시조를 한 편씩 남긴 지 어언 3년째
다. 시조의 정형미는 '절제(節制)'에 있다. 절제는 내
게 바른 몸가짐을 가르친다. 매일 시를 짓는 것은 흔
들림을 평정으로 돌리기 위함이다. 따라서 파격을

시도하려는 현대시조에 맞서 나는 전통시조에 충실하려 애쓴다. 나는 이를 일러 '현대판 사대부 놀이'라고 칭하고 싶다.

사대부의 어원은 멀리 고대 중국으로 거슬러 올라간다. 천자(天子) 제후(諸侯) 대부(大夫) 사(士) 서민(庶民) 등 5계급으로 구분되던 시대에 사와 대부는 실질적인 지배계급이었다. 독서인(讀書人)이라고도 불렸던 이들은 과거를 통해 관료계급을 형성하였고 고아한 취미를 함께 나누었다. 우리나라의 사대부도 송나라 유교의 영향을 받아 엄격한 규제와 절제를 덕목으로 삼았지만 시작과 끝은 달랐다.

세상이 혼탁하다. 가진 자일수록, 있는 자일수록 아귀다툼을 벌여 종국에는 세상의 온갖 부정(不淨)을 유발하잖는가. 나는 시로써 이들을 응징하고, 거꾸로 낮게 살아온 이들에겐 희망을 선사하고 싶다. 고려 왕조가 망하고 새로운 왕조가 들어설 때 시조가 생겨났듯이, 올곧았던 사대부 정신으로 시조를 읊어 부정을 씻어내고 깨끗한 세상이 되기를 염원한다. 단풍시(短諷詩)는 씻김굿이자 희망가이다.

短諷詩選 제3집

단풍시선(短諷詩選)
亂場 2017 씻김굿

일기 쓰듯 시를 지어 세상을 조롱하다
고다의 짧은 풍자시

토담시인선 029
단풍시선
ⓒ2018 신완섭

초판인쇄 _ 2018년 1월 10일
초판발행 _ 2018년 1월 17일
지은이 _ 신완섭
발행인 _ 홍순창
발행처 _ 토담미디어
서울 종로구 돈화문로 94(와룡동) 동원빌딩 302호
전화 02-2271-3335
팩스 0505-365-7845
출판등록 제2-3835호(2003년 8월 23일)
홈페이지 www.todammedia.com
ISBN 979-11-6249-029-7